洗脳チートで簡単にハーレムをつくる!?
愛内なの
illust:凪丘
ぷちぱら文庫
creative
paradigm

# プロローグ　創り出すべき奴隷たち

「あっあっ、あんっ、いいっ、もっと激しくしてっ。んんっ、んぁっ、あ、あひっ」

「ぴちゅぴちゅ……んちゅっ、乳首、硬くなっているぞ……れるるっ……」

「れるっ、んちゅっ……れるるっ……どうですか？　気持ちいいですか？」

バックから激しくシンツィアのアソコを突いていく。

そんな俺の乳首を左右にいるエルシリアとジョルジアが舐めていた。

みんな夢中になって俺に奉仕しようとしている。

シンツィアは一国の王女、エルシリアは誇り高きエルフ、そしてジョルジアは女神。

そんな三人が俺を悦ばせようと必死になっているのだ。

だが、俺は特別な存在というわけではない。

どこにでもいるような、ごくありふれた普通の男だ。

だというのにいまは、好き放題、この三人の身体を犯すことができる。

それにはもちろん秘密があった。

「そら、どうだ？　シンツィア」

「あひっ、あぁっ、奥、ぐりぐりってされるのいいですっ。ひゃんっ、ん、んくぅっ、ん、んんっ‼」

「お前のおまんこが嬉しそうに俺のモノを締めつけてきているぞ？」

「お、おチンポ良すぎて、私のおまんこ喜んじゃってるのぉっ！　あんっ、あぁっ、あ、ああっ」

「そんなに締めつけたら、中に射精してしまうぞ？　いいのか、俺みたいな男の子供を孕んでも」

「んんっ、んうぅっ、い、いいのっ、貴方の赤ちゃん欲しいっ。私の中にたっぷり精液出して種付けしてぇっ‼」

俺の言葉にシンツィアのほうから激しく腰を振ってくる。

膣内は精液を求めてうねるように動いては、ペニスに絡みついてきていた。

ぬるつく膣肉で俺のモノをしごかれ、ぞくぞくとした快感が襲ってくる。

「あんっ、あ、あぁっ、先っぽ膨らんでる……ふぁっ、精液出るの？　んんっ、んくっ、ふあぁっ、あ、あうぅっ」

「ああ、まずは一発、お前の中に出すからな」

「う、嬉しい、精液出して……んうぅっ、ん、んあぁあっ」

腰をしっかり掴むと、ズンっと一番奥までペニスを突き入れる。

そして思いきり射精してやった。

「んあぁあぁあぁあああああぁあぁっ⁉」

膣内に射精されて、シンツィアも達したようだ。

最後の一滴まで逃すまいとするかのように膣内が締めつけてくる。

「んんっ、シンツィアったら、あんな気持ちよそうな顔をして、羨ましいです……」

「ええ、私も、おまんこの中にたっぷり精液を注ぎこんでほしい……」

ジョルジアとエルシリアが瞳を潤ませながら切なそうな声を出す。

もじもじと動かしている太ももの間には愛液が伝わり落ちていた。

「心配しなくても、お前たちにもちゃんと出してやるよ」

「あんっ……」

そう言うと俺はシンツィアからペニスを引き抜く。

途端にアソコからドロリと愛液が溢れ出してきた。

「ほら、エルシリア、ジョルジア、そこに並んでお尻をこっちに向けて」

「こ、こうか？　ちょっと恥ずかしいな……」

「はい、できました」

ふたりが俺の言葉に素直に従って、形の良いお尻をこちらに向けてくる。

なにも隠すもののないアソコが丸見えになっていた。

俺はまずエルシリアのアソコにペニスをあてがう。

「ふぁっ……！」

そして思いきり突き入れると、勢いよく引き抜く。

そのまま次はジョルジアの中に入れてやった。

「んうぅっ⁉」

エルシリアのときと同じように引き抜くと、次はエルシリアへ。

俺はふたりのおまんこを交互に犯していく。

「あぁんっ！　あぁあっ、あんっ、こんな、ふたり一緒になんてっ！　ふぁぁっ、ん、んくっ……‼」

「あぁっ、エルシリアの中に入っていたおチンポがわたくしの中に……ひぅうっ、あ、あぁふっ、あ、あぁっ、あんっ……！」

ズチュズチュと音を立てながら、俺は激しくピストンを繰り返す。

締まりも、膣内の具合も女神であるジョルジアのほうが誰よりも気持ちいい。

しかし、エルシリアのほうが熱く深いし、シンツィアのほうはペニス全体に絡みつき、まとわりついてくる気持ちよさがある。

三人のおまんこを味わいながら比べることができるなんて、なんという贅沢なんだろう。

そのことにより強い興奮を覚えながら、なおも俺は腰を動かしていく。

「はひっ、あ、あんっ、あ、あくっ、あうぅっ、あ、あふっ、ん、んんっ、んっ、んくっ、んうぅっ!!」

「はぁはぁ、おチンポいい、いいんですっ。あんっ、んあぁっ、んひっ、あうっ、ああっ、あんっ、あ、あぁあっ！」

「よし、そろそろ出すぞ。次は、エルシリアだ」

「あっあっ、あぁっ、あんっ、チンポ、暴れて……ふぁあっ、あ、だめっ、イク、イクぅっ!!」

「っ……!!」

二度目とは思えない量をエルシリアの中に注ぎ込む。

同時にイッたらしい膣内は強烈なまでに俺のモノを締めつけていた。

「ふぅ……さて、最後はジョルジアだ」

「あんっ、やっと精液いただけるんですね……ふぁっ、あぁっ、おチンポ、精液と愛液でぬるぬるになっていて……ひあぁっ、とってもエッチです……！」

ペニスにまとわりついた精液を膣壁に擦りつけるように腰を動かす。

先端で奥を突くたび、ぎゅぎゅっと膣内が締めつけてきた。

俺はペニスを回転させるようにぐりぐりと動かしてやる。

「ひゃうぅっ！　んっん、んくっ、んうぅっ、あ、あふっ、あ、あんっ、それ、すごいですっ……ひぐぅっ、ん、んはぁっ、ん、んんーっ!!」

イッたばかりで敏感になっている俺のペニスに、ジョルジアの膣内は刺激が強すぎた。

更なる快楽を求めて腰が勝手に動いてしまう。

「あぁっ、あんっ、二回も射精したのに、おチンポすっごく硬いままで、素敵です……あっあっ、あんっ、あふっ、あ、ぁあっ、あうっ！」

膣内がわななくようにして俺のモノに絡みついてくる。

俺はピストンの速度を加速していく。

「んあぁぁあっ！　あっあっ、あくっ、あ、あんっ、あ、あふっ、あ、あぁっ、あ、そ、そんなにされたら、わたくしも、もうイッちゃいますっ!!」

「いいぞ、イケ。そらそらっ!!」

「あっあっ、あぁっ、イク、イクぅ……!!」

ビクビクっとジョルジアが背中を仰け反らせる。

アソコからは大量の愛液が噴出し、これでもかとペニスを締めつけていた。

俺は凄まじい快感を前に三度目の射精を行っていた。

「ふあぁぁっ、あ、あふっ、あ、あんっ、出てるっ、熱いのいっぱい出てますっ……！　ひぅっ、ん、んはぁっ……!!」

「ふぅ……」

俺はジョルジアの膣内からペニスを引き抜く。

三人の愛液と俺の精液が混ざり合ってべちょべちょになっていた。

「あっ、おチンポ……んっ、ちゅっ……もっと、もっと、して……れるるっ……」

のろのろと起き上がったシンツィアが俺のペニスに舌を這わせてくる。

「ずるいぞ、私だっておチンポ欲しい……れるっ……ぴちゅぴちゅ……」

「はぁはぁ、わたしくだってまだ満足していませんわ……んっ、ちゅっ……ちゅちゅっ……」

「ああ、女神様、先っぽ取らないでください」

「ふふん、おあいにく様。早い者勝ちです」

「んちゅっ、ちゅぽちゅぽ……おチンポ美味しい……れるるっ……ぴちゅぴちゅ……」

三人の女が夢中になって俺のペニスを舐めていた。

熱くぬめる舌で亀頭から竿、果ては金玉までぬるぬると舐められ、ペニスがあっという間に硬さを取り戻す。

「あんっ、また大きくなった。本当に素敵……ちゅちゅっ……ちゅぱちゅぱ……ちゅっ……ちゅぱちゅぱ……」

「んちゅっ、このエッチな匂い、頭がくらくらしちゃいます……あむっ……じゅぷぷ……

くちゅくちゅ……んちゅっ……ちゅるる……」

「はふっ、んむっ、んちゅっ……おチンポ、おチンポいいの。れるるっ……ちゅぷちゅぷ……」

いつしか三人とも自分で自分のアソコを弄り始めていた。

ペニスを舐めながらアソコを弄る姿は、とてつもなくいやらしい。

「ちゅくちゅく、んちゅっ……れるるっ……れりゅっ……はふっ、これ、また入れてほしい……んちゅっ……」

「わたくしも、おまんこ、もう一度滅茶苦茶にしてほしいです……んちゅっ、ちゅぱちゅぱ……」

「ぴちゅぴちゅ、またアソコ熱くなって、我慢できない……ぴちゃぴちゃ……ちゅるるっ……」

「やれやれ、すっかり発情しきって仕方ないやつらだな。よし、今度は三人一緒に犯してやる」

「あぁっ、おチンポ入れてもらえるのねっ。早く、早くうっ！」

「わたくしのここに硬くてぶっといおチンポ入れてくださいっ」

「んんっ、また、私の中にたっぷり精液注ぎ込んでくれ」

俺が指示するまでもなく、三人が並んで尻をこちらに向けてくる。

アソコからは愛液と精液が混ざり合ったものが垂れ落ちていた。

「よしよし、三人ともたっぷり可愛がってやるからな」

「あっあっ、おチンポ入ってきたぁっ!!　ひゃうぅうっ!!」

まずはシンツィアに入れると、歓喜の声を上げる。

俺は先ほどのようにペニスを引き抜くと、エルシリアにジョルジアと順番にペニスを突き入れてやった。

今度はシンツィアも入れて、三人のおまんこを交替で味わっていく。

「ああっ、奥まで届いてるぅっ！　んっんんっ、んくぅっ、ん、んあぁあっ」

「おチンポ、わたくしの中で暴れてますわっ！　ひゃんっ、あ、あんっ、あ、あうぅっ!!」

「いいっ、おチンポいいのっ。こんなのすぐイっちゃうっ！　ひゃんっ……あくっ、あ、あぁっ、あ、あふっ……!!」

三人のおまんこはどれもとろとろに蕩けきっていた。

熱くぬめる膣内を存分に味わいながら、俺は激しくピストン運動を繰り返す。

「ひゃんっ！　んっんんっ、んくぅっ、ん、んはぁっ、あ、ああっ、あくっ、あ、ああっ！」

「オチンポ良すぎて、イクの止まらないですっ！　ひゃんっ、んんっ、ん、んはぁっ、ん、んぅうっ!!」

「わ、私も、イってる、イってるのっ！　ふあぁっ、あ、あんっ、あ、ふあぁぁあっ!!」

三人の嬌声を耳にしながら、俺は改めていままでのことを振り返る。
元々、この三人は俺のことを見下し、嫌っていたのだ。
それがいまや、俺専用の性欲処理係になっている。
それもこれも全ては俺が『異世界』に召還されたところから始まった——。

# 第一章 召喚されし者

「万策が、尽きかけている」

何度数えても十二円しかない財布の中身を睨みつけながら、俺・鳥川晴敏《とりかわはるとし》は考え込んでいた。

「ＯＫ。まず状況を整理しよう」

ひとり暮らしが長くなると独り言が多くなる、とは古《いにしえ》より知られている真理だが、いまそんなことはどうでもいい。

俺はスーパーのチラシの裏に、現状を箇条書きにしてみる。
・手元にある現金は十円玉が１枚と一円玉が２枚
・アパートの家賃が引き落とされたばかりの銀行口座に残っている金額は三十円以下（確認してないので推測値）
・業界用スーパーで売っている最安商品の焼きそば（ゆで麺・ソースなし）は一袋十九円。

ちなみにもやしは二十二円
・米、小麦粉のたぐいは、とうに底を突いている（かろうじていくつかの調味料だけは少しある）
・勘当中の親、限界まで借りまくった友人から金の無心をすることは不可能

「……………………」


整理したところでどうにもならなかった。

先日クビになったコンビニから最後のバイト代が入金されるのは、まだはるか先の４日後だ。

「と、遠い……」

がっくりとうなだれる。俺はそれまでどうやって食いつないだらいいんだ。

たしか生活保護という制度がこの国にはあったはずだが、なんでもあれは申請に行こうとすると〝ヤクニン〟という名の守護者《ガーディアン》が地の底より出現し、あらん限りの人格攻撃と罵声を浴びせられ、阻止されてしまうと聞く。

なにより恐ろしいのは、幸運にも〝ヤクニン〟の難関を突破して資格を得られたとしても、一度でも給付を受けてしまうと車や家などの財産一切を没収されたあげく、ネットが大炎上してしまうことだ。

なんという地獄だろう。いや、財産なんかないし、ネットもやってないんだけどさ。ガラケーだし。

まあとにかく、生活保護は俺にはレベルが高すぎて無理ゲーなようだ。

「かくなる上は、万引きか食い逃げ………いやいや犯罪はダメ、ゼッタイ」

たとえ捕まって三食が保証されるとしても――そしてそれは実に魅力的なことには違いないが、それだけはやっちゃいかん。かわりに人として大事なものを失ってしまう。なんたって俺は善良な市民なんだ。本当だぞ。

「しかし、人間貧乏になると考えがロクな方向に行かないってのは本当だな」

貧すれば鈍す。俺はため息をつきながら、かたわらにチラと目をやった。いままで意識的に見ないようにしていた雑誌――駅前でもらったバイト情報誌をしぶしぶ手に取る。

どうやら最後の手段、働くしか道はないみたいだった。

「高額取っ払い、土木作業、経験者優遇――パス。短期日払いＯＫ、長時間荷揚げ作業――パス。日雇い道路工事、炎天下――パス」

並んでいる求人を片っ端からチェックしていく。しかし条件が良さそうなものは、たいがい肉体労働ばかりだった。俺はデブでもガリでもない標準体型だけど、肉体労働系は大のニガテだ。体力もないし、どうもあの手の仕事は性に合わないんだよな。

「プログラマー、長時間残業アリ――パス。科学系分析作業、要理系院卒資格――パス」

頭脳労働にしても、特別な資格があるわけでもない俺にできるようなもので、即金になるような仕事は見当たらない。

そうなると条件は多少落ちるが飲食か販売系かしかないんだけど——対人商売は精神的にめんどくさいからヤダなぁ。

「なんだよ、マトモな仕事が全然ねーじゃねーか。こんなのおかしいだろ。せっかく俺がやる気になっているってのに、この仕打ちはなんだ」

三流だけどなんとか大学に潜り込んだのに、大手企業はどこも門前払いしやがった。中小はブラックばっかりだから絶対にイヤ。だからひとり暮らしをはじめて数多くのバイトを転々と移り変わりながら、俺はコツコツ真面目にやってきた。それなのに。

「こんな世の中じゃ、明日ある若者が育つわけがない。まったく夢も希望もない世界だよ」

そんなことを考えながら深く深くため息をつく。

「万策が、尽きかけている」

俺が暗澹たる気持ちで天井を仰いだそのとき——。

床にあぐらをかく俺を中心に光り輝く文様が浮かび上がった。ほとばしる光条と轟音が部屋を満たしていく。

「なっ、なんだっ⁉　地震か！　雷かっ！」

驚く俺をよそに、まばゆい光が身体を包み込む。しかしそれは熱くも冷たくもなく、感電するような気配もなかった。

『勇者よ。我らが願いを聞き届け、どうか此方《こなた》に馳せ参じたまえ』

聞いたこともない女の声がふいに頭の中に響き渡る。すると、風があるわけでもないのに髪の毛や服がはためき、身体がふわりと宙に浮きあがった。

「わっ、うわあぁあっ！」

手足をバタつかせながら悲鳴を上げる俺。なんだ、なにが起こっている⁉

『さあ、此方へ』

もう一度女の声が聞こえると、やがて景色はスローモーションになり、極彩色の光の奔流が俺を飲み込んだ。

「たっ、たすけ、うあああああっ‼」

奈落の底へ落ちていくような感覚のなか、俺はとうとう気を失った。

◇

「うぅ…………」

どれくらい時間がたったのか。頬に伝わる冷たい感触にだんだんと意識が覚醒する。

「…………？」

目を開けるとすぐに、石畳が見える。どうやら頬が冷たいのはこれのせいらしい。それでようやく自分の身体が、部屋着のままで石床に大の字でうつ伏せになっていることを自覚する。どうにも締まらない格好だという事実は、このさい無視しよう。

「ここは………」

顔を上げ、周囲に目をこらす。薄暗い石造りの部屋のようだった。西洋風の足の長いろうそく立てが4つ、あたりを照らしている。

しかしなによりも俺の目を惹いたのは、甲冑に身を包み、手に手に武器を持っている厳つい男達と、その中心でふんぞり返っているものすごい美人の姿だった。

「お目覚めのようね」

そのあまりの美貌にしばし呆然と見つめていると、彼女は俺に向かって手をさしのべてきた。

少し勝ち気な顔立ちに誇らしげな笑みを浮かべ、言い放つ。

「はじめまして、勇者よ。私がこのルナティリアの姫にして、あなたをここへ召還したシンツィア第一王女よ」

「………えーと…………なんで日本語？」

「そこじゃないっ！」

すぱん。

「いってーなぁ。なんでいきなりはたくんだよ」

「おだまりなさい。いきなりの状況で混乱するのは分かるけど、気にするところがおかしいでしょう」

「だって、あんた外人っぽい顔立ちしてるし、みんなファンタジーっぽい格好してるし」

そう言ったとたん、まわりの甲冑たちが一斉に刀に手をかけた。

「無礼なっ！　姫様をあんた呼ばわりするとはっ！」

「ひっ！」

男たちのあまりの剣幕に思わず頭を抱える。

「……姫とお呼びなさい。その『ふぁんたじー』っていうのはなんだかよく分からないけれど――」

彼らを手で制しながら姫が言う。

「あなたはいまから私の僕《しもべ》になったのだから、さっさとそこに膝をつきなさい、勇者よ」

「………………その勇者っての、やめてくんないかな？　俺には鳥川晴敏って名前があるんだ」

「では鳥川晴敏よ、そこに直りなさい」

肩に細身の剣が鞘ごと乗せられる。

どうやら俺はかなりやっかいな事態に巻き込まれたようだ。

神よ、夢であってください。一縷の望みを込め、俺は思いっきり頬をつねってみた。

ズキズキと痛む頬をさすりながら聞いた話を要約するとこうだ。

◇

俺は現実世界から『異世界ミルドガル』という世界に召喚されたらしい。そしてここはミルドガルにある国のひとつ『ルナティリア』。シンツィアが王女を務める国である。年は若いが、彼女は国の執政を一手に引き受けている優秀な第一王女だという触れ込みだった。

ちなみに第一王女以外の姫、つまりシンツィアの妹たちはすべて外に嫁いでいて城から出ており、彼女たちの親、王と王妃も王座こそ譲っていないものの、政治からはすでに引退し、いまは山奥のリゾートで優雅な隠遁《いんとん》生活を送っているとのこと。

「それって嫁《い》き遅れじゃね？」

というセリフは、半分も言わないうちに周囲の怒気がふくれあがったので引っ込めた。

ま、要するにこの国の実権はすべて彼女の手中にあるってことだ。

顔立ちが可愛らしいので、高飛車というより勝ち気と表現したほうがよく似合うシンツィアが勝ち誇ったようにのたまう。

黙ってりゃ相当かわいい部類なのになぁ、この子。惜しいなあ。

「どう？　分かったら早く私に忠誠を誓うのよ」

分かりません。

「こういうの、子供の頃に読んだいくつかの物語であったなー」

なにがどうしてこうなったのやら。

遠い目をして呑気につぶやく俺をシンツィアはキッとにらみつけた。

◇

「だいたい、なんで俺が呼ばれなきゃならないんだ」

「私が、勇者召還魔法を再現したのよ！」

「答えになってない」

「あなたには分からないでしょうけれど、この魔法を成功させたのは150年ぶりなの。私のような天才的な魔法使いでなければ、無理だったのよ？」

「だから答えになってないってば」

「だ・か・ら！　勇者が必要だったからよ。何度も言っているでしょうが。分からない男ね！」

青筋を立てて地団駄を踏むシンツィア。やべ、なんか少し楽しくなってきた。

「へえ、そうなのか。で、俺はその召喚魔法でここに呼ばれたと」

「ええ。いまルナティリアは比較的安定してはいるわ。だけど周辺国とそれほどうまくいっているわけでもない。いつ隣国が攻めてきてもおかしくはないの。だから国力の増強と軍事力の強化が喫緊《きっきん》の課題。だから勇者が必要だったのよ」

前言撤回。なんだか殺伐として、しかもめんどくさそうな話になってきた。

「なんとそうだったのか、ほほー、それはすごいなー。じゃあ、元の世界に帰してもらえるかな？」

「………は？」

「聞こえなかったのか？　元の世界に帰せって言ったんだよ」

「ふざけないで、あなた勇者でしょう！」

「いや、俺は勇者なんてもんじゃないし、する気もないってば」

そもそも俺は肉体労働とかはキライなんだ。

「なにを言ってるの？　だって、あなたは異世界の勇者のはずよ。そういう人間を召喚したはずだもの」

「まったく身に覚えがない。その上、勝手に召喚しておいてその言いぐさ。何様のつもりなんだ？」

言ったたった。言ったたった。俺の言葉にシンツィアは動揺を隠せない。

「あなたこそ…………この国の第一王女である私にたいして、ずいぶんな態度ね。いますぐ首をはねてもいいのよ？」

プルプルと震えながら怒りをにじませる彼女だったが、俺も男だ。ここは引くわけにはいかない。

「そうして、勇者召喚は失敗でした、となるわけだ。天才の名前に傷がつくんじゃないの？」

「……口の減らない男ね。試してみましょうか？」

シンツィアが細身の刀身をスラリと抜いた。本気の目だった。

「ごめんなさい」

状況に臨機応変に対応するのも男のたしなみだ。

「分かればいいのよ」

「…………でもさぁ、やっぱり俺にも職業選択の自由というものが」

「だまらっしゃいっ！　そんなに切られたいの？」

「分かった！　分かったから、その刀をしまえって！」

こりゃあ相当なハネッカエリの姫さんだな。下手に逆らうとロクなことにならなそうだ。

つか、そもそも俺は部屋で一生懸命就職活動にいそしんでいたはずなのに、なぜこうなった。

「真面目な勤労青年は、こうしてブラック企業に取り込まれていくんだな……」

「訳の分からないことを言ってないで、さっさとついてらっしゃい。定能に行くわよ」

「低能？」

「定能！　能力を見定める試験のことよ。異世界から来た人間には、かならず特別な能力が現れるの。それがなにかを探し当てるわけ。ほら、立って！」

「へーい」

よっこいしょっと腰を上げる。しゃあない、気は進まないけど勇者やりますか。特別な能力ってのもちょっと気になるし。

なんでも聞くところによると、勇者の力ってのはひとつだけだが、それこそチート級のパワーを持っているらしい。

つまり勇者として召喚されたってことは、俺にもそのとんでもない力が備わっているはずだってこと。

もしかして、シンツィアが勇者を求めていたように、身の振り方を求めていた俺のほうにも召喚される理由があったのかもしれないな。

そう思ったらなんだかワクワクしてきた。

「それにしても……なんでこんなバカっぽくて反抗的なのが来ちゃったのかしら。だいたい、勇者というからには、見栄えの良い者が来るとばかり思っていたのに……」

チラと振り返りながらシンツィアが失礼なことを言う。

「まあ、能力さえ高ければ、見た目は妥協するしかないか」

……………小娘のくせに。

そのうち、キャン言わしたるぞ。

◇

ということで、俺はさっそく定能と称して色々なことをさせられるハメになった。

以下、俺の汗と涙と努力と強制の結果を記す。

・戦闘　小剣もまともに振り回せず、また鎧を着ると重くて全く動けない
・魔法　四大元素や、光や闇などの属性、素養、および素質は一切無し
・知識　日本の進んだ科学のことは知っていても、専門家ではないので『なんとなく』程度の知識しかなく、役に立つもの無し
・語学　言葉はすべて魔法で自動変換されているので学習の必要はないが、日本語で知らない言葉はミルドガル語でも分からないので意味なし
・その他の特技　そんなのあったら無職してない

俺が『低能』どころか『無能』の烙印を押されるまで、そう時間はかからなかった。

◇

「期待外れもいいところだわ！」

執務室に入ってきた俺を見るなり、シンツィアは大声で罵倒を始めた。

数日間の定能のなかで、その日の結果を報告にくるのが俺の日課となっていた。

ただ、今日は最終日ということもあって、いつもはいない大臣のジジイたちが姫のまわりにズラリと並んでいた。

「なんなの、この惨憺たる結果は。あなたが勇者って嘘だったのね。この私をたばかった罪、重いわよ」

「なんでそうなるんだよ。勝手に呼び出したのはそっちのほうだろう。だいたい俺は、勇者を自称したことなんて一度もないぞ」

「うるさい。言い訳は見苦しいわ」

なんて理不尽きわまりない話だ。それでなくともここ数日、能力なしの判定を受けるたびに兵士たちをはじめ、城の人間たちから小馬鹿にされ続けているというのに。

今朝だって、姫お付きの侍女たちが寄り集まって何話してんのかと思ったら、俺のほうをチラ見しながら、聞こえよがしにイヤミ言ってやがったんだぞ。

「ええー、無能？ 無能って10歳までだよねー、キモーイ、キャハハ」

あいつらぜってー泣かす。

「そんなことより」

俺の愚痴を遮ってシンツィアが言う。そんなことですかそうですか。

「これより鳥川晴敏の処遇を決めたいと思う。意見のあるものは具申しなさい」

えっ、いきなり？ 処遇されちゃうの、俺？

「恐れながら姫様。この者を詳しく調べてみたところ、いかなる能力も持ち合わせてはおりませんでした。従って無能者ということになります」

「そんなことはもう聞いているわ」

「歴史書や伝承にある、かつての勇者たちの能力を一覧化したものを使用し、すべてチェックしてみましたが、どれも発現する兆候はまったくありませんでした」

「…………」

もう少しやさしく言えよ。俺だってちょっと傷ついてるんだぞ？

「勇者召喚の儀には、莫大なる費用が投じられております。大量の黄金はもとより、伝説の秘薬に幻の宝珠、隠《かく》り世の貴金属に黄泉の龍の血液。どれひとつとっても二度と入手できる品ではございません」

なに？　そんなにコストかかってたのか。

「これほどの贄を供されておきながら、この無能たるトリカワめは、我がルナティィリアになんの貢献をも為す力を持っておりませぬ。勇者召喚の儀は、残念ながら完全に失敗したとみてよろしいかと」

「そうか……」

　残酷な大臣の言葉にうなだれるシンツィア。

「待て待てっ。なんかそれじゃ俺が悪いみたいじゃないか」

「だからおまえが悪いと言っておるのだ」

「なんでだよ！　別に俺は志願したわけじゃねーし。つか、単にシンツィアのほうが術に失敗しただけじゃねーの？」

「無礼者っ！　当代一の天才魔法使いシンツィア姫に限って、そんなことは断じてあり得ない！」

「かくなる上は内々に打ち首にして処分してしまうのがよかろう」

「異議なし。このようなものを飼っていても穀潰しになるだけじゃ」

「我も異議なし。このような無能でも、弓兵の的にでもしてやれば少しは役に立つというもの」

　ジジイどもが口々に物騒なことを言い立てはじめる。立場上、姫の失敗という訳にはいかないんだろうが、こっちとしては冗談ではない。

「いやちょっと、待って、待てってば。俺に能力がないのは俺のせいじゃないし、だいたいそんなんで首をはねるなんて理不尽だろう！」

「お前が無能なのはお前のせいじゃろう。なにも理不尽ではないが？」

ああ、話が通じない。

「ほら、俺だって無能だけれど一生懸命生きてるんですよ？　人権を持ったひとりの人間なんですよ？　一寸の虫にも五分の魂って言うじゃないですか」

なんか言ってて悲しくなってきた。

「なんの罪もない人間ですよ？　そんな首をはねたら姫だって寝覚め悪いでしょ？　だからやめましょうって打ち首なんて」

「ならぬ！」

体格のいいオッサン――おそらく将軍かなんかだろう――が大剣に手をかけた。

「ひぃっ！」

「待ちなさい」

それまで事態を静観していたシンツィアがおもむろに口を開いた。

「皆の意見はよく分かりました。その上で私は決断いたします」

絞り出すように宣言する。なんか、相当に口惜しそうな風情だ。もしかして召還に失敗したって言われたこと、こたえてるんだろうか。

「この者、鳥川晴敏を、他言無用を誓わせた上で城外放逐《ほうちく》処分とします」

えええええ⁉

「そりゃないぜ、シンツィア。打ち首免除は確かにありがたいけど、それ実質死刑と一緒だよね？」

城壁の外には、超危険なモンスターがウヨウヨいるらしいじゃないか。

しかもこんな文明の進んでない世界で、野生児でもない俺が丸腰で外に放り出されでもしたら――。

確実に死ねる。半日もかからず死ねる自信がある。

「あっ、そうだ。それなら俺を元の世界に戻してくれよ。それならいいだろ？　お互い得はなかったけど損はしないぞ。ウィンウィンってやつだ。そうだそれがいい、そうしようぜ！」

「残念だけど、あなたはもう戻ることはできないの」

「なんで？」

「勇者召喚の儀は召喚するだけ。勇者を帰す魔法はこの世には存在しないわ」

「なにぃっ⁉」

衝撃の事実がことここにおいて判明した。

「ええっ⁉　つか、えええええっ⁉」

こいつらどこまで理不尽な奴らなんだよ！　いますぐ頭かち割って人権って言葉の意味をみっちり叩き込んでやろうか。

「ま、たとえ返還魔法があったとしても、莫大な予算を使ってあなたを帰すくらいなら、地下牢の罪人たちの食事にデザートを付けてやるほうがよっぽど建設的よ」

このクソアマ……。

「……かくなる上は」

俺はゆらりとシンツィアに近づいた。不穏な空気をまとい、血走らせた目と薄笑い。大臣たちが一斉に身構える。

「…………」

「…………」

目と目が合ったその瞬間、俺はシンツィアに飛びかかった。

「なあ、頼むよシンツィア。雑巾がけでもなんでもするからさー。城においてくれよ、お願いだよぅ」

シンツィアの腰に泣いてすがる俺を、全員が氷のまなざしで見つめるのだった。

◇

結論から言えば、願いは届かなかった。

あのあと、俺は執務室をけんもほろろに蹴り出され、めでたく放逐されることが決定した。

ただ、シンツィアも俺のことを不憫に思ったのか、明日の朝までは城に滞在することを許された。

「なんだよ、もっといさせてくれたっていいじゃねーか、ケチ」

食堂で侍女たちに皿を投げつけられながら、好き放題つまみ食いしてから湯を浴びた。

身も心もスッキリだ。

「よっしゃ、じゃあ行くとしますか！」

というわけで直談判である。

俺はいま、人目を忍んでシンツィアの元へ向かっているところだった。

外はもうすっかり夜のとばりが降りている。お願いするなら、もういましかない。あきらめたらそこで試合、いや人生終了だ。

「言い分を聞こうかしら？」

　数分後、俺はシンツィアの寝室で土下座をしながら、首筋に細身の剣をあてがわれていた。

「……………おかしい。ここまでは完全に気配を消し、警戒網を突破してきたはずなのに」

　姫に会わせろなんて、まともに談判したところで通るはずがないので、人目を忍び、侍女や衛兵の目をかいくぐってきた。俺の抜き足差し足は完璧だったはずだ。

「仮にも一国を預かる第一王女をナメるんじゃないわよ。これでも2年前の戦では騎馬隊の先頭を張ったのよ。衛兵なんかいなくったって、自分の身くらいは自分で守れるわ」

　刀身に力が加わり、小さくプチッという音が聞こえた。

「ギャッ、いっ、いま切れたっ！　首ちょっと切れたって!!」

「おだまり！　あなたにあらがう権利などありません。……それにしても衛兵たちはたるんでるわね。こんなチンケな侵入者風情に後れを取るなんて、再訓練が必要だわ。徹底的にしごいてやろうかしら」

　衛兵さんたち、とばっちりでごめんなさい、などと呑気に人の心配をしている場合ではない。

「それで。私の部屋に侵入してなにを企んでいたの？」

「い、いやそれはその、なんというかほら、俺って明日になったら放り出されちまう身だろ？　だから慈悲深いと評判の第一王女に、なんとかもう一度チャンスをくれないかってお願いしようと思ってさ」

「で、本当のところは？」

首筋にさらに力がかかる。

「ごめんなさい姫を羽交い締めにして剣を突きつけて要求をのませようとしていましたごめんなさい」

そう、いま首筋に当たっている剣は俺が持参したものだった。一秒とかからず背後に回られ、奪われてしまったけれど。

「……どこまでクズ野郎なの、この男は。やっぱりいまここで処分したほうが良さそうね」

「待て話し合おう、シンツィア！　俺たち『あんなに愛し合った仲じゃないか』!!」

必死でこの場を和ませようと渾身の力を込めてギャグを放ったつもりだが、冷静に考えればこんなセリフ、事態が悪化するだけだと悟るまで0コンマ1秒。

俺は死を覚悟してきつく目を閉じた。

「誰が愛し……合った……な……か……よね？　あたしたち……あら？」

ところが、返ってきたのは予想外の反応だった。急にシンツィアの言葉に勢いがなくなる。

あれ、まさか冗談が通じたのか？

「え？　え？　なにこれ？　どうして私……」

シンツィアが目を白黒させている。なんだか分からんが、たたみかけるチャンスだ。

「そう、そうだぞ。お前は俺を愛しているんだ。だって、この期に及んでここへ人を呼ばないってことはそうなんだろ？」

「私があなたを愛しているですって？　バカなこと言わないで。なにをどうしたらそんな発想が出てくるのかしら。冗談も休み休み言いなさい」

うーん、やっぱりダメか。

「人を呼ばないのは、また大臣たちが大騒ぎしてめんどくさいからってだけのこと。深い意味はないわ」

「またまたあ。悪いと思ってんだろ？　魔法に失敗して俺を呼び出しちゃったんだからさ」

「失敗……ですって？」

シンツィアのオーラが怒気をはらむ。あ、地雷踏んだかな。

だが、あえてここは突き進む。

「だって俺は役に立たないんだろ？　その役に立たない人間を勇者として呼び出したんだからお前の魔法は失敗したんだよ。潔く認めろよ」

「こ、この私が失敗なんか、するはずない！」

「ま、王女が失敗したなんて言えるわけないもんな。しかしなんの罪もない人間に迷惑かけたんだし、やっぱりここは責任をとってもらわないと」

「だから失敗なんて――」

「まあ落ち着け、シンツィア。要は魔法が失敗でなきゃいいんだろ？　俺にいい考えがある」

「いい考え？　それって――」

ちょいちょいと手招きをする。

「俺と愛し合うことだ」

「さっさと死になさい」

シンツィアが剣を振りかぶった。

「待った待った！　だってお前と俺が愛し合えば、俺は王女に必要な人物ってことでここにもいられるし、国に必要な人物を召還したお前は魔法に成功したってことで体面を保てるだろうが」

しかもうまくいけばそのまま結婚して俺がこの国の王様になる、なんて筋書きすらあり得るかも……グフフ。

なんて皮算用をしていたらシンツィアがキレた。

「嘘偽りで保つ体面など持ち合わせてないわ！　腐っても私はルナティリアの第一王女よ。役立たずを私情で国政に関わらせるくらいなら、お前と差し違えてここで死んでやる！」

「わぁ！　よせ、やめろ、剣を振り回すなってば！　危ないっ！」

俺が暴れるシンツィアの腕を掴んだそのときだった。

（殺す、この下衆男、絶対殺す、なんとしても殺してやる、殺してやる、殺してやる、殺してやる、殺してやる、殺してやる）

あろうことか、シンツィアの思考が俺の脳に直接流れ込んできた！

なにを言っているか分からないと思うが、俺自身――にはよく分かった。

「これだ！　これだったんだ！」

「きゃあっ」

いきなり飛び上がった俺に、シンツィアは思いきりのけぞった。

「よっしゃあ！　これで勝ったも同然！」

小躍りする俺を呆然と見つめるシンツィア。

（なに？　いきなりなんなのこいつ？　もしかしてあまりの恐怖に気でも狂っちゃったのかしら？）

分かる。分かるぞ。面白いようにシンツィアの考えが読める。

俺は瞬時に自分の能力を理解していた。

この力を使えば、人の心を自由に読むことができる。そして読んでいる間、俺自身の思考速度は通常の数倍になるようだ。

そんな情報が使い方も含めて、まるで最初から知っていたかのようにいっぺんに頭の中に入ってきた。

もちろん、この力が読むばっかりのものじゃないってことも、だ。

「と、とにかく！　これ以上の狼藉は（全面的に許したい）……許すから…………い、一刻も早く（愛し合いたいから）私に切られ……るようなことを言わないで…………」

通常、人間は会話をしているとき、考えていることが会話そのものと同一と言っていい。

だから、その思考に割り込み、改ざんし、思っていることをねじ曲げる。

たとえどんなに強い精神力を持ち合わせていようと、本人に一切気づかれずに心を制御するこの力には、抵抗することは不可能だった。

「ハルトシ………」

効果は絶大だった。

いましがた俺のことを殺そうとしていたシンツィアが、顔を赤らめて俺を見つめている。

俺の力、勇者としての能力とは「他人の思考に自分の考えを割り込ませることができる」

こと。

前例もなく、空前絶後の能力のため、調べても誰も気付かなかっただけだったんだ。

「あなたのような無能（でも、とても素敵な男性）は、城にいる価値などない（けれど、私は愛している）ので、いまから（セックスをして純潔を捧げたい）………して、ください」

かくして俺は、シンツィアを自分に惚れさせることに一瞬で成功した。

◇

「ほら、ベッドに横になって大きく足を開くんだ」

「どうして、私がそんな恥ずかしい真似を（するのは、愛する人のために当然）しなくちゃいけないの……い、いえ……わ、分かったわ」

俺の言葉に従って、シンツィアがベッドに横になる。

そしてあの強気で気位の高い女が、大きく足を開いていた。

まるで夢のような光景……。

まあ、それも全ては俺の力によるものなんだが。

「こ、これでいいの？」

「駄目だ。もっと俺にアソコを見せつけるようにしろ」

「ど、どうしても？」

「当たり前だろう」

「や、やっぱりこんなのおかしい（ぐらいに身体が熱くなっている）わ。もうこれ以上は（我慢するなんて）無理よ」

さらに思考へと割り込むごとに、シンツィアの息が目に見えて荒くなっているのが分かる。俺はにやりと笑いながら口を開いた。

「早く言うとおりにするんだ。俺に抱いてほしくて仕方がないんだろ？」

「な、なんで、私の考えていることが分かるの？」

「お前の考えていることぐらい、俺にはお見通しだ。ほら、早く」

「う、うん。でも恥ずかしいから、あまり見ないで……」

いつもの強気な態度はどこに行ったのか。

シンツィアが耳まで赤くしながら、さらに足を開いて腰を軽く上げる。

そうして俺に自分のアソコを見せ付けるようにしてきた。

「へえ、これは……」

スカートはまくれあがり、完全にパンツが丸見えの状態になっていた。

布越しにぷっくりと膨らんだアソコがよく見える。

王女様のこんな恥ずかしい姿を見られるなんて……俺は酷い興奮を覚えていた。

「よし、良い子だ。よく見えるよ、シンツィアのアソコ」

「や、やだ、あまり見ないで（触ってほしい）、お願い……」

「下着越しにアソコがひくついているのが分かるぞ。俺に触ってほしいんだな？」

「あ、ダメっ……ふぁぁあっ⁉」

俺はシンツィアのアソコに手を伸ばすと、指先で軽く触れた。

ぷにぷにと柔らかな感触が伝わってくる。

「おお、柔らかいな」

「ああっ、そんな、私の大事なところ、こんなやつに触られちゃってる……！」

「こんなやつとは酷いな。お前の愛する相手だろう？」

「だ、誰が、なんで私、こんなことを……」

大事なところを触られたショックで洗脳が解けてしまったのだろうか？

だがまあ、慌てる必要はない。

「お前のほうから抱いてほしいと頼んできたんじゃないか」

「う、嘘（なんかじゃない）……あ、あれ？」

「ほら、本当だっただろ？」

「あっ、ダメっ、そこ、擦らないでっ」

俺は指で触れたアソコを割れ目に沿って動かしていく。

柔らかく弾力のある感触が心地良い。

「こ、こんなこと（気持ちよすぎて）ダメ……お願い、もう（優しく触るのは）やめて！」

「そうかそうか、もっと激しくしてほしいんだな」

「んくっ、な、なんで、私……ふぁっ、あ、あんっ、こんなのダメなのに……ふぁあっ、身体、反応しちゃうっ……‼」

割れ目に沿って何度も指を動かすと、下着に染みができていくのが分かる。

俺の能力のおかげで、シンツィアはかなり感じているようだった。

「あっ、ふぁっ、指、すごい。あんっ、あ、あふっ、あ、ああっ、ん、んんっ……あんっ、気持ちいいっ！」

「シンツィアのここ、どんどん濡れてきたよ。俺の指で弄られて感じているんだな」

「え、ええ、あなたの指で触られてすごく感じてる……ああっ、ぐりぐりするのダメっ……ひあぁっ！」

指でアソコを強めに押して、ぐりぐり動かすとシンツィアが背中を仰け反らせた。

すでに溢れ出す愛液で、股間の部分がぐっしょりと濡れてしまっている。

「これなら指を入れても大丈夫そうだな」

「えっ、あっ、やんっ……やぁっ、指、入ってくる……ひうぅっ……！」

愛液を人差し指にたっぷりとつけて、硬く閉じた膣口を押し開くようにして突き入れていく。

まだ誰の侵入も許したことのないそこはあまりにきつく狭かった。

「しっかりとほぐしておかないとな」

「や、やだ、中で動いて……ひゃんっ……！　んっんんっ、んくっ、あ、んんっ……」

ゆっくりと何度も優しく指を往復させる。

そのたびに膣内がぎゅうぎゅうと俺の指を締めつけてきていた。

「ずいぶんと可愛らしい声を出すじゃないか、シンツィア。そんなに俺にアソコを弄られるのが嬉しいのか？」

「そんなの、あぁっ、(もっと触ってくれなくちゃ) いやに決まっているでしょうっ」

「ふふ、やっぱり触ってほしいんだな、素直な女は嫌いじゃないぞ」

「ど、どうして、私……あひっ……あんっ、あ、やぁっ……ふぁっ、ん、んうぅっ!!」

俺の指の動きにあわせてシンツィアがいやらしく身をよじらせる。

こんな姿を見ていたら俺も我慢できなくなってきたな。

ズボンの下でペニスが痛いほどに張り詰めているのを感じていた。

アソコも十分なほど濡れているし、もういいだろう。

「きゃあっ、なにをしているの!?」

俺がズボンから勃起したペニスを取り出すと、それを見たシンツィアが驚いたような声を上げた。

そのまま、シンツィアのアソコに、大きくなったそれを擦りつける。

「なにをしているって、いまからシンツィアのここに、これを入れるんだよ」

「なっ、そ、そんなの（早く入れてくれなくちゃ）ダメぇっ！」

そう言って、シンツィアが自分からパンツを脱いでしまう。

そして露になったアソコを自分の両手で左右に押し開いた。

「あんっ、早く、あなたの逞しいおチンポ、ここれに入れてぇっ！」

一国のお姫様が、見下していた相手である俺のペニスを欲しがっていた。

我ながら自分の能力の凄さに感心してしまう。

「よしよし、そこまで言うなら入れてやるよ」

「あっ、ふぁっ、硬いのあたってる……んっ、んんっ……」

ペニスの先端を膣口にあてがうと、シンツィアの身体がピクピクっと震えた。

俺は十分に愛液をなすりつけて、ゆっくりと先端を挿入していく。

「くっ、きついな……」

「んっ、んぅっ、お、おチンポ入ってくる……やんっ、あ、あふっ、あ、あうっ……」

さすがに処女だけあって、入り口は硬く閉ざされ、なかなか先に進むことができない。

俺はシンツィアの両手を掴むと、思いきりこちら側に引っ張る。

そして無理やりねじ込むようにペニスを挿入した。

「あぐっ⁉ んあっ、あ、あうっ、あ、あひっ……い、痛……やっ、ん、んくうっ……！」

「ふう、なんとか全部入ったな」

「えっ、な、なに？ あなた、私になにをしているの⁉」

戸惑った様子で、シンツィアが俺の顔を見上げていた。

どうやら処女喪失の衝撃で、また正気に戻ってしまったようだ。

「なにって、見てのとおり、セックスだよ」

「セッ……⁉ あ、いや、動かないで……どうして私が、あなたなんかと、こんなこと……んうぅうっ‼」

「だから、そっちからお願いしてきたんだって」

「そ、そんなはずないでしょう。いやっ、いますぐ抜きなさいっ‼」

「無理言うなって。ここまできたら、最後までしっかり楽しませてもらうに決まってるだろ」

シンツィアの言葉にそう返すと、俺は激しくピストンを開始した。

「やっ、う、動かないで……あぐっ、わ、私は王女なのよ？ こんなこと、許されない

「……ひあっ、あ、あんっ、あ、あぁっ！」

「王女様だって、こうしてチンポを入れられれば、ただのひとりの女だろ」

「ふ、ふざけないで……ん、んぅっ、う、動かないで……」

「ほら、せっかくだし、王女様も一緒に楽しもう」

「こ、こんなの楽しめるわけない（のに、おチンポ気持ちいい）だから（私のおまんこで）抜いてっ！」

ぎゅぎゅっとシンツィアのアソコがきつく締めつけてくる。

「ふぁあっ！　な、なにこれ、私、初めてなのに……あうっ、す、すごく、感じちゃう……やあっ、ん、んんっ」

「ほら、お前だって乗り気じゃないか」

「ち、違っ……これは、身体が勝手に……私は（もっと激しくしてくれなきゃ）いやなのっ！」

さらにシンツィアの膣内が激しく俺のモノを締めつけてくる。

中は愛液で潤い、ピストンを繰り返せば繰り返すほどほぐれていくのが分かった。

「あっあっ、あんっ、ああっ、おチンポいいっ……お願い、もっと激しくしてっ！　あひっ、ああっ、あんっ、あ、んあぁあっ！」

「俺のモノで感じているシンツィアの顔、可愛いよ」

「や、やあ、恥ずかしい、見ないで……ひゃんっ、ん、んんっ、んぅっ、ん、んくっ、奥まで届いてるっ……ふあぁっ」

ぐちゅぐちゅと音を立てながら、何度も膣内を往復していく。

ゴッゴッと先端に子宮口がぶつかるのが分かった。

「お、シンツィアの子宮が俺の子種が欲しいって下りてきたぞ」

「そ、そんなの欲しくない（わけがない）！　中は（絶対出さなくちゃ）ダメぇっ！　あんっ、あ、あふっ、ああんっ」

「心配しなくても、ちゃんとたっぷり出してやるからな」

言いながら俺はさらに腰の動きを激しくしていく。

膣内をしっかりとほぐすように、ガチガチに硬くなったペニスで容赦なく往復する。

先端が行き止まりにぶつかるたびに、シンツィアが大きく背中を仰け反らせた。

「んあぁっ、あっあっ、あふっ、こんなのダメなはずなのにぃっ……気持ちいい、んんっ、んあっ、いいのぉっ……私の中に、ピュッピュッしてぇっ！」

「はは、もう俺のチンポが気に入ったみたいだな？」

「う、うん、これいいのっ。ひゃうっ、んっんっ、んあっ、あ、あんっ、あ、あくっ、あ、ふあぁっ！」

「そのわりには俺のこと散々な言いようだったじゃないか？」

「ご、ごめんなさいぃ、こんな素敵なおチンポ持っているなんて知らなかったからぁ！　あひっ、あ、あんっ、許してぇっ。ん、んんっ」

　あのシンツィアが俺のモノで犯されながら謝っている。

　そのことに背筋がぞくぞくと震えるような興奮が襲ってきた。

「あぁっ、ふぁっ、おチンポ、まだ大きくなってる……ひあぁっ、すごい……あんっ、私の中いっぱいになってるぅ……やんっ、あ、ああっ、あうっ！」

「シンツィアの中、嬉しそうに俺のモノにしゃぶりついてきてるぞ。こんなにエッチな音を立てて。ほらほらっ」

「やぁっ、は、恥ずかしい。音、立てないでっ……んくっ、ん、んうっ、んあっ、あ、あふっ、あんっ、あっあっ、あぁっ！」

　彼女の膣内は、熱くぬめりトロトロになっていた。

　思いきりシンツィアの腕を引っ張って、さらに激しくピストンを繰り返す。

「はぁはぁっ、あ、ああっ、奥まで届いてっ、ん、んあっ、あ、あんっ、そこダメっ……あぁっ、感じすぎちゃうからぁっ、あんっ、んんーっ！」

「そうか、シンツィアはここがいいのか」

　俺はカリ首で天井の部分をぐりぐりと擦ってやる。

　すると彼女の身体がびくびくっと跳ねた。

「ふあああぁぁあああああああっ！　そ、そこ、だめぇっ、感じすぎておかしくなるぅっ！　はひっ、あっあっ、あんっ、ん、ん、んあぁっ」

「くっ、シンツィアの中、すごい締めつけだ……」

トロトロになった膣内が、ぎゅうぎゅうとペニスを締めつけていた。

容赦なくペニスがしごかれ、全身に玉のような汗が浮かんでいく。

「あっあっ、おチンポすごい、すごいの……あんっ、硬くて、大きくて……ひあぁっ、ん、んうっ、ん、んひっ、ん、ああっ!!」

まるで雑巾を絞るような動きで膣肉が絡みついてくる。

ペニスを出し入れする度に、アソコから愛液が飛び散っていた。

「こんなに俺のチンポなんかで感じて、いけない王女様だな」

「だ、だって、おチンポ、とっても良くてぇ……こんなの、おかしくなるぅ……ひうっ、んっんっ、あんっ、あ、あふっ、あ、ああっ、あんっ！」

俺はペニスを抜ける寸前まで引き抜くと、そのまま一気に奥まで突き入れる。

いつしかシンツィアの愛液は白く濁り、本気汁に変わっているのが分かった。

膣肉がきゅうきゅうと吸いついてきては、まるで離すまいとしているかのようだ。

「あんっ、あぅっ、あ、あくっ、こんなに激しくされたら、私のおまんこ壊れちゃう……あぁっ、あぁっ、あ、あうっ……はひっ、ん、んんっ、んはぁっ!!」

シンツィアが俺のペニスで、だらしなく喘ぎ、感じまくっていた。

そんな彼女の姿がもっと見たくて、俺は夢中になって腰を振る。

「シンツィア、シンツィア！」

「ふあぁぁっ、そ、そんな激しく、ダメぇっ！　ひゃんっ、んっ、んあぁっ、あ、あんっ、あ、あくっ、あっあっ、あぁっ、あうっ‼」

強烈なまでにシンツィアの膣内が俺のモノを締めつけてくる。

ひくひくと震える膣肉に彼女の限界が近づいているのが感じられた。

「もうイキそうなんだな？　シンツィア」

「あんっ、あふっ、わ、私、イッちゃう……あなたのおチンポでイかされちゃうのっ！　ひぁぁっ、ん、んんっ、んあぁっ！」

「お、俺もイク。約束どおり、シンツィアの中に、たっぷり出すからな！」

「だ、ダメっ、中は（絶対に出さなくちゃ）ダメっ。あんっ、いっぱい、いっぱい出してぇっ！」

「これで俺の赤ちゃんができても構わないな？」

「ふあぁっ、赤ちゃんは（あなたの子以外は）いやぁっ！　だから、精液いっぱい注ぎこんでぇっ‼」

シンツィアの言葉に従うかのように、膣内がいままでにないほどきつく締めつけてきた。

射精を促すその締めつけに、俺は一気にラストスパートに入る。

「あっ、あっ、あっ、んんっ、んくっ、は、激し……ひあぁっ、あ、あうっ、も、もうダメっ、イクっ、イクイクイクぅっ!!」

「ぐっ……!!」

シンツィアが絶頂を迎えた瞬間、自分の足を俺の腰に絡めてきた。

同時に凄まじい勢いで膣内が収縮を繰り返す。

俺はそのまま腰を強く打ち付けると一番奥で射精した。

「ふあぁぁぁあああぁぁああっ、熱いの出てるっ。私の奥にいっぱい……こんなの、ヤケドしちゃうっ……あぁんっ」

俺の精液を受け止めながら、シンツィアが何度も大きく身体を震わせる。

そんな彼女の姿を見ながら、俺は自分のこの能力をどう使うか……そのことを考えているのだった。

◇

かくしてシンツィアの初めては、俺がおいしくいただきました。

「うう……王族は結婚するまで純潔でなければならないのに……なんでこんな……」

事後、シンツィアは涙と後悔にくれていたので、アフターケアもしておく。

「あなたのような（素敵な）相手に、強引にセックスをされるだなんて（とても気持ちよくて幸せすぎて）耐えられない」

それまでの高慢さはどこへやら、ミルドガル王国の第一王女は、すぐに俺にベタ惚れのただの素直で従順なメスになる。

その後も何度も身体を重ね、いつしか朝が近づく頃、シンツィアは立派な性奴隷状態となっていた。

「いいか、シンツィア。お願い、いや命令を聞いてくれ」

そのあとはトントン拍子に事が進む。

王女の権限は強大だ。俺を国賓並みの待遇で城に迎え入れるよう手配させるくらいなんでもなかった。

なかには眉をひそめる連中もいるにはいたが、表だって王女に異を唱えてくる者はない。

あまりにもいきなり俺への態度が変わると怪しまれるかと、シンツィアをいままでよりほんの少しだけ良くした状態に戻しておいたのだが、考えてみればそれも余計な心配だった。

なにせ人の心を自在に操れるのだ。こんな最強な力が他にあるだろうか。

有頂天になった俺は、すぐに行動を開始した。

城の人間をひとりひとり呼び出しては、少しずつ都合の良いように心を書き換えていく。

まとめてできれば一番手っ取り早いのだが、能力の性質上、どうしても1対1である必要がある。

数が多いので、これはかなり骨が折れる作業だった。

しかしシンツィアだけでなく、目につく美女達をつまみ食いしながら自分の立場を良くしていくのは実に楽しい作業だった。


やがて大臣や国内の有力な貴族連中も順調に取り込みが完了し、騎士たちの洗脳もあらかた終わった頃。

「時は満ちた。ずっと俺のターンだ！」

俺はかねてからの思惑を実行に移した。


「笑止。貴様のような不貞の（けれど、素晴らしい）輩に王位を渡せば、この国は根本から（支配してもらわないと）滅んでしまうであろうぞ」

シンツィアの『強い要望』で王と謁見した俺は、その場で王位を継承することとなった。

娘に任せてすでに引退状態ではあったものの、仮にもこの国の正当な王である。

やはり権力というものは、正式な手続きを踏んで得るべきものだろう。

「我こそは正当なるルナティリア王国の十八代国王、鳥川晴敏である」

果たして俺はいま、玉座に座っている。

今日は戴冠式だ。

無事に戴冠の儀を終え、式はいよいよクライマックスへと突入しようとしている。

膝の上にはシンツィア。

これから皆の前でシンツィアとセックスをすることで王位継承は完成し、この国は俺のものとなるのだ。

◇

「さあ、シンツィア。自分で俺のモノを入れるんだ」

「でも、みんなの前でなんて、そんな……」

「この俺がこの国の新しい王になったことを証明するためだ。ほら、早く」

「やっぱり、こんなことおかしい（ことなんてなにもない）と思うわ。私（みんなに見て貰いながらじゃなきゃ）できない」

そう言うとシンツィアが服を脱いでいく。

パサリと音を立てて、その身を包んでいたドレスが床に落ちた。

そして、美しい裸体が露になる。

「ああ、みんな、そんなに見ないで……」

「それぐらいで恥ずかしがってどうする。いまからもっとすごいことをするんだぞ？」

「う、ぅぅ、分かってます」

シンツィアの言葉に俺も服を脱いで、いきりたったペニスを取り出した。

すでにガチガチに硬くなっており、先端からはカウパーが溢れてきていた。

「そら、俺のほうはいつでもいいぞ」

「わ、分かってるわよ……いま、入れるから……」

おずおずとシンツィアが王座に座っている俺のところへやってくる。

そして大きく股を開きながら、俺の上に跨るように乗ってきた。

「んんっ、私、なんてはしたない格好を……ふぁっ、あ、あんっ……」

「口ではそんなことを言いながら、アソコのほうは期待してもう濡れているじゃないか」

「な、なにを（当然のことを）言っているの。あんっ、あ、ああっ……」

俺の能力によって、シンツィアの身体が反応する。

本当にアソコから愛液が溢れ出し、あっという間に潤っていく。

「これだけ濡れていれば、すぐに入れても大丈夫そうだな」

「んっんっ、擦り付けないで……んくっ、おまんこに、硬いの当たってる……あんっ、あ、あふっ……」

ペニスの先端をシンツィアのアソコに擦りつけると、その身体がビクビクっと震えた。

くちゅくちゅといやらしい音が、王の間に響いていく。

「シンツィアのアソコ、物欲しそうに俺のモノに吸いついてきてるぞ」

「やんっ、でたらめ言わないで……私はそんなはしたない女じゃないもの……」

「まあ、どっちでもいいけどな。ほら、早く自分で入れるんだ」

「急かさなくても分かってるわ。んっ、んぅっ……あうっ、入ってくる……ふあっ、あ、あんっ、あ、あぁっ……」

俺の言葉に従って、シンツィアがゆっくりと腰を下ろしていく。

硬く閉じた膣口をこじ開けるようにしてペニスの先端が飲み込まれていった。

シンツィアが腰を下ろしきると、完全に俺のモノが彼女の中に入る。

途端にぎゅうぎゅうと膣内が締めつけてきた。

「どうだ？　元国王、それに臣下たちよ。よく見るがいい。これが、俺が新しい王になった証明だ」

「なんということだ……（こんなに素晴らしいことはない）」

「ああ、(それでこそ我らが)姫様……」

「さあ、みんな今日という日を祝福しようではないか」

「新国王陛下万歳！　姫様万歳！」

全員が一斉に俺たちを称える声を上げる。

姫をいいように犯されて、素晴らしいもなにもないと思うが、それもすべて俺の能力によるものだ。

「ほら、シンツィア。みんなに俺のものになったとよく分かるように腰を動かすんだ」

「は、はい……あうっ、あ、あぁっ……硬いのお腹の中でごりごりしてる……ひうっ、ん、んくっ、んあっ、あ、ふあぁっ……」

俺に言われるままに、シンツィアが腰を上下させ始める。

見られていることに興奮しているのか、いつも以上に締めつけが激しい。

「どうだ？　姫、俺のチンポは」

「ど、どうって言われても(おチンポ気持ちよすぎて)よく分からないの……はひっ、ぁ、あんっ、ああっ、いいっ！」

能力によって、たちまちシンツィアが乱れまくる。

ぎゅうぎゅうと容赦なく膣内が締めつけてきていた。

「あんっ、あっあっ、あふっ、おチンポ奥まで届いてるぅ……ひゃんっ……んくっ、ん、んぅぅっ！」

愛液のおかげでペニスの出し入れはスムーズだった。

シンツィアが俺の身体に抱きつくようにしながら、ひたすら腰を動かしていく。

「そら、シンツィア。舌を出せ」

「えっ？　ふあっ、ん、いやっ……んちゅっ……ちゅるるっ……ちゅくちゅく……ちゅぱちゅぱ……ちゅぴちゅぴ……」

俺はシンツィアの唇を奪うと、舌を差し込み、絡めあう。

最初は反射的に逃げようとしていたが、すぐに受け入れていた。

ぬるぬるとした舌が絡み合うたびに、頭の奥が痺れるような甘い快感が襲ってくる。

「あんっ、あ、あふっ、キスしながらセックスするの、だめぇ……感じすぎちゃう……ひゃんっ。あっあっ、あふっ、あ、ああっ!!」

「そんなこと言いながら、さっきより腰の動きが激しくなっているぞ。本当はこうされるのが良いんだろう？」

「ち、違……私は……あんっ、よくなんて……んんっ、んあっ、あんっ、あ、ああっ、あうっ……」

能力を使うまでもなく、シンツィアが快楽に流されているのが分かる。

その証拠に、いまも彼女は腰の動きを止めようとはしない。

「ほら、元国王に、臣下たち。姫様のおまんこが俺のチンポを美味しそうに咥え込んでいるのが分かるか？」

「姫よ、あんなに乱れて……そんなにも（新しい国王のモノが）いいのか。（さすがは我らが王だ）」

感激したような顔で、元国王が俺たちを見ている。

それは他の臣下たちも一緒だった。

「よかったな、姫。俺たちがセックスしているところを見て、みんな喜んでいるぞ」

「あんっ、そんな……みんな、見ちゃ（感じすぎちゃうから）ダメ。あぁっ！　あんっ、あくっ、んんっ、おチンポすごいぃっ！　ひあぁぁっ!!」

ぎゅっと俺にしがみつくようにしながら、シンツィアが嬌声を上げる。

彼女のアソコは愛液でぐちょぐちょになっていた。

「んっんっ、んうっ、ん、んぁっ、あ、あんっ、あ、ああっ、こんなの忘れられなくなるぅ……私の身体、おチンポの味、覚えちゃうの……はひっ」

「ほら、もっと舌を出して」

「ふぁっ、んちゅっ、ちゅぅうっ……はぷっ、ん、んちゅっ……ちゅっ……くちゅくちゅ……」

シンツィアの舌を強く吸ってやると、膣内が痛いほどに締めつけてきた。

アソコはすでにすっかりとほぐれきり、熱くうねっていた。

まとわりついてくる膣肉を振り払うように俺自身、腰を動かす。

「あっあ、あんっ、ズンズンだめっ。んんっ、んうっ、それ、刺激強すぎる……あぁっ、あんっ、ふぁぁっ……あくっ、あっあっ、あぁんっ！」

シンツィアのお尻を抱えるように持って、下から容赦なく突き上げていく。

とろけきった膣肉でペニスをしごかれると全身に鳥肌が立つような快感が襲ってきた。

「ふぁぁあっ、激し……はぅっ、あ、あんっ、あ、あふっ、おチンポいいのぉっ……ひゃんっ……ひうっ……んんっ、ん、んあぁあっ」

ガタガタと王座を揺らしながら、元はこの椅子の持ち主であった男の娘が、いやらしい声を上げていた。

その光景に自分自身の力によるものだということを考えると、凄まじく興奮してしまう。

「あっ、あんっ、嘘、おチンポ、まだ大きくなってる……あひっ、あ、あんっ、気持ちいいところ全部擦れて……ひぁあっ、あ、あんっ、あうっ、あ、あぁっ！」

「シンツィア、腰の動きが激しすぎるぞ。みんなに見られているんだ。もう少し控えたらどうだ？」

「やあっ、そんなの無理ぃ……あんっ、みんな、私の恥ずかしいところ見ないでぇ……ひぅっ、んっんっ、んくっ……！」

見られていることを思い出したのか、シンツィアの膣内がきつく俺のモノを締めつけてきた。

そしてさらにぎゅっと俺の身体に抱きついてくる。

その大きな胸が密着された状態になり、柔らかな感触が思いきり伝わってきていた。

「ふふ、そんなことを言って本当はもっと見てほしいんだろう？　お前はそういう女だ」

「ち、違う、私は、そんないやらしい女じゃない……はひっ、あ、あぁっ、あんっ、あ、あうぅっ……」

「お前がいやらしい女だということは俺が一番よく知っている。ほら、お前の恥ずかしいところをもっとみんなに見てもらえ」

「や、やだ、さっきより激しい……ひぐっ……んんっ、んあっ、あ、あふっ、んんっ、ん、んあぁっ」

「どうだ、シンツィア、お前のアソコがいやらしい音を立てているぞ。誰がどう見ても、感じているのは明らかだ」

「あひっ、あ、ああっ、んんっ、お、おちんちん、奥まで届いてる……ひゃうっ……んんっ、ん、んくっ……!!」

俺はわざといやらしい音が出るように、ペニスを動かす。

その動きに合わせてシンツィアのアソコが粘ついた水音を立てた。

きゅうきゅうと俺のモノに吸いついてきては離そうとしない。

「んんっ、んぅっ、乳首、擦れて……ひあぁっ、あ、あふっ、声、出ちゃう……やんっ……ん、んあっ…あ、あふっ……あうぅっ！」

ペニスを出し入れすればするほど、快感が高まりシンツィアが大胆になっていく。

もはやそこにいるのは一国の王女ではなく、一匹の淫らなメスだった。

ペニスの先端がゴツゴツと子宮口に当たるのが分かる。

どうやら俺の精液を求めて降りてきたようだ。

「あっあ、あんっ、おチンポ、奥に当たるのいいのっ……ひうっ、ん、んんっ、んあぁぁあっ!!」

「姫よ、あんなに乱れて、なんと（立派で）いやらしい姿なのだ。私は誇りに思うぞ」

「んん、んぁっ、やあぁ、お父様（もっと私がおチンポで感じているところ）見ないで（なんて言うわけない、見てください）！　ひあぁぁあーっ」

シンツィアの膣内が何度も収縮を繰り返しているのが分かる。

みんなに見られているという状況に、どうやら軽くイッているようだ。

「まったく、みんなに見られてそんなに興奮するなんて、シンツィアはとんだ変態だな」

「あ、あんっ、違う（わけがない）の……私は（みんなに見られて感じている変態）王女だからぁ……ふあぁぁあっ！」

否定しようとしたのだろうが、逆に完全に認めてしまう。

そのことに興奮して、シンツィアはより激しくイッてしまったようだ。

あまりの締めつけに俺にも限界が近づいていた。

「はぁはぁっ、ふぁっ、あ、あんっ、おチンポ、びくびくって震えてる……ひぅうっ、ん、んうっ、ん、んくっ……」

「ほら、どうした？　腰の動きが止まってるぞ」

「か、感じすぎて無理ぃ……上手く動かせない……ひゃんっ……んあぁっ、あ、あふっ、あ、あんっ……!!」

「まったく仕方ないやつだな」

「あぁっ、あんっ、あ、あぁっ、ズンズン、お腹の奥に響いて……ん、んんっ、ふあぁっ、あ、あああっ、あ、あうぅっ!!」

俺はシンツィアの膣内を容赦なく責め立てる。そのたびに彼女は悲鳴のような嬌声を上げた。

「こ、これ、すごすぎて、おかしくなるぅ！　あっあっ、あんっ、みんなに見られるのいいのっ。もっと、もっと見てぇっ!!　ああっ、んんーっ！」

そんな姫の言葉を耳にしながら、俺は一気にラストスパートをかける。

ぬるつく膣壁をペニスで擦ると、一気に射精感がこみ上げてきた。

「シンツィア、そろそろ、俺もイクぞ……」

「あ、あんっ、イ、イクって、中は（溢れるぐらいに出してくれなくちゃ）ダメなんだからぁっ！　あっあ、あんっ、ああっ!!」

精液を求めていままでにないほどシンツィアの膣内が締めつけてきた。

そこから与えられる強烈な快感に一気に限界が訪れる。

「くっ、出る……!!」

「ふあぁぁあぁぁあああああっ!?」

シンツィアの一番奥で、俺は思いきり射精した。

ドクドクっと大量の精液が彼女の中を満たしていくのが分かる。

「はひっ、あ、あんっ、熱いのいっぱい出てる……ひうぅっ……」

「ふぅ、最高に気持ちよかったよ。これでお前は完全に俺のものだな」

「あんっ、んちゅっ、ちゅちゅっ……」

俺はシンツィアと唇を重ねあう。

そしてしばらくの間、繋がりあったまま絶頂の余韻に浸るのだった。

◇

「これでやっと安泰だ」

執務室の豪華な椅子に深々と座り、中庭を眺めながら俺はほうっとため息をついた。

自分が王であると宣言して以降、全てが思いどおりに運んでいる。

政治の実務はこれまで同様シンツィアや摂政に全部任せているし、財政状態もさほど悪くない。

「これであとは悠々自適に過ごせるな。もう元の世界に帰ることはないけれど、俺の人生大勝利。自堕落生活万歳だ！」

旨いものを食って、キレイなねーちゃんを抱き、働かずに生きていける。

「国王って究極のニートだったんだなあ」

しみじみと幸せを噛みしめた俺の心の安寧《あんねい》は、ところがそう長くは続かなかった。

蹴破るようにドアを開けて伝令が駆けつけてくる。

「国王、大変です！　国境で我が国とにらみ合っていたエルフの国・シルヴァン共和国との緊張状態が悪化。小競り合いが勃発しました！」

「ええと……それってつまり？」

「このままだと戦争になります」

# 第二章　エルフの美貌を手に入れろ

「話し合うという段階はとうに過ぎ去っている」

ナイフよりも鋭利なセリフが謁見室に響き渡る。

部屋に入るなり開口一番拒絶の言葉を発したのは、理想の彫刻かなにかと見まごうほど美しい女エルフだった。

「うつくしい……」

「は？」

「ああ、いやなんでもない。どうぞ続けてください」

「……こたびの戦闘は、国境での度重なる挑発に応じたまでのこと。もっとも我らは、貴様らが勝手に引いた国境など認めておらんがな。下衆な人間どもによる狼藉は、もはや是認できる範囲を超えているのだ」

彼女はエルフの国・シルヴァンから派遣された特使だった。名はエルシリアという。

言葉は激しいが冷静に、しかし有無を言わさぬ態度のエルフは、その美貌も相まって凄みが増している。

「そこをなんとか。だって、わざわざこうして来てくれたのは話をするためなんだろう？」

「話し合いなど無駄だと言っている。私は宣戦布告をしに来たのだ。礼を重んじて新王の顔を見に来てやったにすぎぬ。すでに、我らの戦いの準備は整っているぞ。さあ、いかに応ずるのか、王よ」

絶世の美女にずいっと迫られるというのは、ずいぶんと圧迫感があるもんだな。

「まあちょっと落ち着けって。やっぱり戦争っていうのは、あんまり良くないんじゃないかと思うわけでさ」

「黙れ。どの口がそれを言うのか。おまえたち人間がしてきたことを忘れたとは言わせぬぞ」

エルシリアの剣幕に、さすがの俺も少しタジタジになった。

時は少々さかのぼる。

◇

「ふああっ、ああっ、お、おちんちん早く、早く入れてぇっ！」

髪を振り乱してシンツィアがベッドの上で跳ねまわる。

「さあ、話す気になったか？　全部話せば、お前の好きなものをこのぐちょぐちょのマンコにぶち込んでやるぞ」

「話すっ、話しますっ、全部話すから、入れてっ、奥までぶち込んでぇ！」

伝令が駆け込んできた日の晩、俺はシンツィアをベッドの上で尋問していた。

すでに彼女は俺の性処理専用姫となりはてていたが、政治関連については任せっぱなしだったので、細かい情勢までは俺も把握していなかった。

もちろん政治には興味はないが、戦争となると穏やかでない。

ここはひとつ、ことを洗いざらい吐かせる必要があるな。

「あっ、あはあああああああああああああっ!!」

肉壺にペニスを深く深く突き立ててやると、シンツィアはものの数秒で絶頂に達した。


その後シンツィアが語ったところによると、そもそも勇者＝俺をルナティィリア王国に召喚したのは、エルフとの戦争において人間側の強力な『兵器』とするためだった。

いまとなっては隠すつもりもなかったのだが、それでも俺の機嫌を損ねそうだと、聞かれるまでは黙っていたらしい。

その昔、幾度か勇者が召喚されたときは、それぞれが強烈な能力を持つ強者ばかりだったので、今回の儀式にも大いに期待が寄せられていた。

それなのに、やって来たのがなんの能力も持ち合わせていない無能者だったので、裏切られたと感じたことで、皆の態度が非常に冷たかったのだとシンツィアが説明する。

「どうりで能力が、能力がと、うるさかったわけだ」

莫大な予算をかけて調達した兵器が役に立たなければ、そりゃ腹立つわな。

「というか、そこまで兵器を必要とする理由はなんだ？　戦争するってのはよっぽどのことだろ。どうしてそんなにエルフと仲が悪いんだよ？」

「だってあいつらって長寿なんだもの」

「は？」


異世界ミルドガルには、様々な種族がいた。

人間、エルフ、ドワーフ、コボルト、ピクシー、ドラゴン、などなど……。

それぞれがそれぞれの文明を築き、同種族が集まっては暮らしていたものの、お互いの文化程度が全然違うので接触するとどうしても衝突が起こる。

なかでも高度な言語を駆使し、完全に意思が疎通しあえるエルフと人間は昔からことさら仲が悪かったそうだ。

種族や文化が違う（そもそも寿命が違う）から習慣や考え方が大きく異なるのに、なまじ言葉が通じるために余計こじれるという寸法だ。

もともとエルフという種族は非常に高慢で、自分たちを高位の存在と位置づけ、他の種族を完全に見下していることも問題を根深くさせている。

そのこじれた歴史をかいつまんで挙げると次のようになる。

・数百年前、ルナティィリア建国の王ナザリウスが、荒野だったこの地に領土を宣言する
・エルフはこのミルドガル全てが我が領土だと一方的に主張していたため、自分たちの土地を勝手に奪われたとこれに反発
・第一次建国戦争が勃発する。結果は勇者の召喚により人間側が勝利。晴れてルナティィリア王国が誕生する
・エルフは渋々人間と講和条約を交わしたが、その後も次々と難癖を付けてくる。そのたびに国境では紛争が起こった

『この土地は我らが貸してやっているだけだ。その神聖な土地を勝手に改良して畑とかにするな』
『わずか数十年前に占領したばかりなのに、勝手に増えて領土を拡大するな。人間は増え

るのが早すぎる』

『たった二十年かそこらで次々に王をすげ替えて、言ってることをコロコロと変えすぎだ。人間は我慢が足りない』

『下等で下品な文化しか持たないくせに、我々高等なエルフを敬う姿勢が感じられない。不敬である』

『人間はブサイクが多い上にすぐ死んでしまう。友人なんかになれるはずがない』

『つーか、人間のくせに生意気だ』


「はぁ……」

俺は深いため息をついた。

確かにこれは人間にとってみりゃ、もはやイチャモンとしか思えんわな。

しかし、エルフに取ってみれば当たり前のことを言っているだけなんだろう。

長い伝統と変わらないことを是とする彼らにしてみれば、条約を破り、土地を汚して拡大しているのは人間のほうであり、どうにも我慢がならない存在であることもまた確かなのだ。

「うん、なんというかまあ……おまえらケンカすんな」

それから俺は、少し国王らしいことをしてみることにした。

ひとまず国境の兵士たちにはすぐさま停戦するよう命令を出し、以後くれぐれも暴発しないようにと通達を出す。

内政はこれまでどおりシンツィアほか、大臣たちに任すとして、財政にはくれぐれも気を遣うようにさせた。

私腹を肥やさぬように、民に迷惑をかけたり虐げたりしないように、貴族たちにも厳命した。

反抗的な者たちもいたが、そんな連中に限って不正を働いていたので容赦なく、もちろんチート能力で矯正した。

結果としてクリーンになったルナティリアの施政は、以前よりも評判が良くなったくらいだ。

◇

それもこれも安穏とした暮らしを望む俺の意向だ。

生粋の現代日本人である俺は、平和をこよなく愛しているんだ。強大な権力、恐怖政治や圧政、権謀術数などに興味はない。

それに遊んで暮らしたいってのは本当だが、超絶に贅沢がしたいってわけではない。

旨いものを食うのは好きだが、高価な料理は毎食では飽きるし成人病にもなる。食事の基本は安くて旨いものがベストだ。

貴金属や骨董品など、高価な品に耽溺する趣味もないし、連日パーティを開いてどんちゃん騒ぎをしたいわけでもない。

己の望みがほどほどの幸せだということを自覚し、つまるところ俺は国王なんて器じゃなくて、根っからの小市民なんだと気づく。

「なんの。善政には庶民目線こそが一番重要なんだ。そうだろう、シンツィア」

「はひぃぃ、おっしゃるとおりですぅ」

かたわらでは俺に好き放題おまんこをいじられながら、シンツィアがいつもの執務をこなしている。

贅沢はどうでもいいけれど、女と好きなときに好きなプレイでエロいことをしまくる。

これだけはやめられない。

◇

「会談を要請する」

かくして戦争になると困る俺は、シルヴァンに文を送った。

ルナティリアに『新しい国王』が即位したので、一度だけでいいから話をする機会をいただきたいと交渉する内容だ。

はたしてエルフは、その要求を飲んだ。

こうして会談が実現し、エルフの中でもトップレベルの美貌を持つエルシリアが全権大使としてやってきたのだった。


「何度も言うが、話し合いなどしても無駄だ。こうしている間にも、我らは着々と軍備を整えている。侵攻はいつでも可能だ」

怜悧な視線が俺に突き刺さる。

怒った美人というのは、かくも迫力があるものなのか。

後で聞いた話だが、美男美女ぞろいのエルフの中でも彼女はとりわけ美しいそうだ。さもありなん、といった美貌だった。

「そこをどうにか曲げてもらえないか？　こちらとしては、どうしても戦争になるのだけは避けたいのだがな」

「己のしてきたことを棚上げして、都合の良いことを言う。こちらは譲歩をし続けたのだ。愚かな人間共を許すつもりはない」

「戦争ともなれば、互いに被害がでる。それはしたくないんだ。我が国――いや、人間がエルフに対してしてきたことへの謝罪と補償、そして相互理解のための努力をするつもりはあるんだが、どうだ？」

「人間などの刹那的な言葉が信じられるものか。戦争を避けたいだと？　臆したか、腰抜けめ。素直に我らに恐れをなしたので降参すると言ってみたらどうだ」

「むぅ……」

とりつく島もないな。

これも後で聞いた話だが、エルフはもう戦争をするつもりでいたからこそ、人間嫌いで融通の利かない彼女が派遣されたらしい。交渉の意思すらなかったのだ。

「どうした、怒ったか？　それならば使者である私の首をはねるがいい。卑怯な人間どもの所行は、我が同胞の士気を高め、祖国シルヴァンの勝利に貢献することであろう」

会談という名目で会っているというのに、ロクに会話にもならない。

洗脳前のシンツィアといい、このエルシリアといい、この世界の美女はこんな性格ばっかりなのか？

「やれやれ。こうなったらもう腹を割って話をするしかないか。エルシリア全権大使よ、場所を変えて仕切り直そうじゃないか」

◇

「これはいったいどういうことだ？」

夕食のあと、侍女に案内されて俺の寝室にやってきたエルシリアは、部屋に入るなり抗議の声を上げた。

「どうもこうもないさ。俺は会談の続きをしたいだけだ」

ベッドに腰掛け、手を広げてみせる。

「気でも狂ったのか人間め。寝室で会談をする王がどこの世界にいるというのだ」

「ここにいるじゃないか」

余裕しゃくしゃくの態度で俺が応じる。

侍女に言ってベッドも布団も完全に整えさせたし、人払いも完璧だ。いまからここでなにが起きようと、邪魔する者は誰もいない。

「おのれ、この私を女と甘く見ているのか。たとえ丸腰であろうと、狼藉を働く男ひとり成敗することなど造作もないんだぞ？」

エルシリアは怒りに満ちた目で俺をねめつけ、身構える。

「なにか勘違いしていないか？　俺は会談の続きをしたいと言っているんだ。『俺が』狼藉を働くだなんてとんでもない」

狼藉はこれから『お前』がするんだよ。

というわけで俺はさっそくエルシリアに向け、力を込めた念を飛ばした。

「あなたと話をすることなど、もうなにもない（だってすぐにでも、ペニスをしゃぶりたいから）……なにっ⁉」

あまりにも唐突な自分の思考に、愕然とするエルシリア。

冷たい鉄面皮にはじめてヒビが入った瞬間だった。

よし、効いてる効いてる。たたみかけていこう。

「私に……なにを、したんだ？　こんな（嬉しくて幸せな）ことを、考えるだなんて、おかし（くもなんともな）い……う……」

おっと、なんか反応がいつもと違うな……。

「おかしくない……いや、なぜ私はいま、嬉しくて幸せなことを考える必要がある。これは絶対におかし（くな）いはずだ……が……しかしそんな……貴様……」

エルシリアは顔を赤らめ、俺の股間と顔を交互ににらみつけた。

思いの外、抵抗が強いようだ。まさか彼女に対して俺が『なにか』をしていることに気付くとは……。

想定外のことに俺も驚きを隠せない。

さすがに長く生きているエルフといったところか。

「ふむ……」

だが、洗脳自体は効いているんだ。確実に効果は出ている。

ここは一足飛びに完全洗脳するのはあきらめて、コツコツ行くことにしよう。

「人間の扱える下等な魔法なぞ、エルフの私には効かないはずだ（から、彼はなにもしていない）……しかしこれは……あきらかに彼の仕業（ではない）…………くっ」

とりあえず可能な限り思考を曲げ、丁寧にひとつひとつ俺への疑いを消していった。

何度も何度も会話の応酬を続け、エルシリアの心の受け入れ体勢を強制的に整える。

そこまでしてようやく俺は、本来の目的である『彼女の常識を書き換える』作業に取りかかった。

もちろんこれにも俺は非常に難儀した。

なんといっても精神力の強いエルフのことだ。生半可な操作ではなかなか思考を変えてはくれないのだ。だから全身全霊を込めて取り組む必要がある。

額に脂汗をかきつつ、どうにかこうにかエルシリアの常識の一部を変更できたころには、小一時間の時が過ぎていた。

『交渉を有利に通すには相手の精液を出させること』

今日の洗脳はここまでとしよう。

さあ、サービスタイムの始まりだ。

◇

「さあ、たっぷりと射精させてやるからな。覚悟してもらおうか」

「それは怖いな。できるだけお手柔らかに頼むよ」

「ふっ、そんな甘いことができると思うか？　ほら、早く、チンポを出せ」

そう言いながら、エルシリアが積極的に俺の股間をさすってくる。

人間嫌いを隠そうともしない彼女が、そんなことをしている姿に俺は強い興奮を覚えてしまう。

「そら、お前のここ、どんどん硬くなってきているぞ……こんなに張り詰めて、ひどく苦しそうじゃないか」

どこか嬉しそうに言いながら、エルシリアが俺のズボンを脱がす。

すると勃起した俺のペニスが勢いよく飛び出してきた。

「これはなんて大きい（上に美味しそうな）チンポなんだ。いますぐしゃぶりつきたくなってしまう……」

俺の力に感づいていた様子のエルシリアだったが、なんということはない。

いまは、その常識を捻じ曲げられ熱いまなざしで俺のモノを見つめている。

「まだなにもしていないのにこんなに大きくなって……これなら射精させるのも容易そうだな……」

「うくっ……」

エルシリアが俺のチンポを手で握るとしごきはじめた。

なめらかですべすべとした手の感触が心地良い。

「んっ、ドクドク脈打っているのが伝わってくる……それにすごく硬くて……ん、んぅっ……」

お尻をもじもじと動かしながら、エルシリアが熱い吐息を漏らす。

ペニスをじっと見つめたまま、いまにも口からよだれを垂らしそうな勢いだ。

「はぁはぁ……あんっ、先っぽからなにか出てきた。んっ、ぬるぬるしていて、とてもいやらしい匂いだ……」

「それはカウパー汁だよ。気持ちいいと出てくるんだ」

「なるほど。私の手で感じているのだな。だが、もっと気持ちよくなるのはこれからだぞ……れるっ……んちゅっ……」

「うぁっ……！」

エルシリアが俺のモノに顔を近づけたかと思うと、舌で舐めてきた。

ぬるりと温かな感触に思わず声が出てしまう。

「れるるっ、チンポびくびくってした……んちゅっ……ちゅっ、ちゅちゅっ……んっ、変な味……ぴちゅぴちゅ……」

いかにもプライドの高そうなエルフが、自分が見下していた人間、しかも今日初めて会ったばかりの相手のチンポを美味しそうに舐めていた。

改めて俺は自分の能力の強さを実感する。

「ちゅぱちゅぱ、んっ、どうだ？　私の責めは？　射精したかったら、とっととしていいんだぞ。そのほうが私たちの交渉がより有利になるからな」

「気持ちいいことはいいが、それじゃまだまだ射精することはできないな」

「なに？　んちゅっ、こんなにチンポをびくびくさせておいて強がりを言うな。れるっ、れるるっ……んちゅっ……」

「そっちがどう思おうが、本当のことだ」

「むっ……ならば、どうすればいいのだ？」

「そうだな、もっとカリ首の部分を舐めたり、裏スジの部分を舌先で弄ったりとか」

「れるっ、ちゅちゅっ……こんな感じか……？　ちゅぱちゅぱ……れるるっ、れるっ……くちゅくちゅ……ちゅるるっ……ちゅぱちゅぱ……」

俺に言われるまま、エルシリアが舌を動かしていく。

穴の部分を舌先でほじられ、裏スジをぬるりとした舌で舐められるとぞわぞわとした快感が全身を走り抜けていく。

「そうそう、すごく良い感じだ。さすが、エルフからの使者、飲み込みが早いな」

「ふふん、これぐらいは当然のことだ。カウパー汁とやら、どんどん溢れてきているぞ。ちゅぷぷ……ちゅっ、ぴちゅぴちゅ……ちゅちゅっ……ちゅっ……」

「そこから、チンポを咥えてくれたら最高なんだが」

「く、咥える？　私が、これをか？」

「ああ、そしたら間違いなくたっぷり射精するだろうな」

「ううむ、いくら射精させるためとはいえ、私が（こんな立派な）チンポを咥えるなど……（できたらとても嬉しいけど）いいのだろうか？」

「もちろん、遠慮なんてしなくていい」

「そうか……（では喜んで）やらせてもらおう。はぷっ……んむっ……んっ、じゅぷぷっ……」

「くっ……」

エルシリアが大きく口を開くと、俺のチンポを飲み込んでいく。

熱くぬめる口中の感触に、ビクビクっとペニスが反応していた。

「大きくて咥えにくい……ちゅぷちゅぷ……んちゅっ、ちゅぱちゅぱ……くちゅくちゅ……ちゅっちゅっ……れりゅっ……ちゅるるっ……」

一所懸命な様子で、エルシリアが俺のモノをしゃぶる。

先ほどのペニスの舐め方と、いまのしゃぶり方から、こういったことの経験が無いことが窺えた。

もしかしたらこんなことをするのは俺が初めての相手かもしれない。

そう考えると余計に興奮してしまう。

「ちゅっ、んちゅっ、嘘、まだ大きくなってる。ぴちゅぴちゅ、ちゅっ、ちゅぷぷ、ちゅっ……んちゅっ。くちゅくちゅ……じゅぷじゅぷ……」

「良い感じだ。ほら、もっと喉の奥まで咥え込んで」

「はぷっ、ん、んちゅっ、んんっ、ちょっと苦しいな……しかし、これも私たちのため……じゅるる……ちゅぷちゅぷ。んちゅっ……ちゅくちゅく……」

エルシリアがより深く、俺のペニスを呑み込んでいく。

彼女の口の中は狭く、そして熱くぬめついていた。

「そうそう……咥え込んだら、頭を上下に動かして、ペニスをしごいて、あと、強く吸ったりするとよりいいな」

「注文の多い奴だな。こうか？　ちゅぱちゅぱっ、ちゅっ、んちゅっ、くちゅくちゅ……

じゅるるっ……」

俺のモノを根元まで咥え込むと、エルシリアが頭を上下に動かす。

きつくぬめる口中でペニスをしごかれ、凄まじい快感が襲ってきた。

そして時折、強くペニスを吸われるのだからたまらない。

「ちゅぱちゅぱ……ちゅるるっ……んちゅっ、ちゅっ、くちゅくちゅ……ちゅぷぷ……ちゅぽちゅぽ……んちゅっ……」

「くっ、うまいよ、すごく良い感じだ……」

「どうやらそのようだ。れるるっ……お前のチンポもビクビクと震えて喜んでいるぞ。ぴちゅぴちゅ。ちゅちゅっ……ちゅぱちゅぱ……！」

嬉しそうに言うと、エルシリアがペニスを咥えたまますさらに激しく頭を上下に動かす。

フェラを続けていくうちにたどたどしさがなくなり、どんどん責めが大胆になっていく。

単純に頭を上下に動かすだけでなく、微妙に変化を加えることでペニスに与えられる刺激が変わる。

「ちゅっちゅっ、ちゅぽちゅぽ、ちゅるるっ……じゅぱじゅぱ……くちゅくちゅ……」

「そうそう、もっといやらしく音を立ててるんだ」

「本当に注文が多い奴だな……しかしこれも、我々エルフのため……れりゅっ……ちゅっぽちゅぽ……ちゅぅぅっ！」

俺のリクエストに従ってエルシリアが下品な音を立ててペニスをしゃぶる。

プライドの高いエルフが見下していた人間相手にそんなことをしている光景に、より興奮が高まっていく。

「んちゅっ、お前のまだ大きくなっているぞ……はふっ、ちゅぱちゅぱ……ちゅるるっ……んちゅっ」

「それはエルシリアのフェラで興奮している証拠だよ。だから、そのまま続けてくれ」

「まったく、いつまでやらせるつもりだ？　さっさと射精しろ……ぴちゅぴちゅ……くちゅくちゅ、ちゅっ……ちゅぷぷっ!!」

コツを掴んできたのかエルシリアがさらに激しくペニスを責めてくる。

いつしか俺の全身には快感から汗が浮かび上がっていた。

エルシリアのフェラは思わず腰が跳ねてしまいそうになるほど、気持ちがいい。

「ちゅぽちゅぽ、んちゅっ、ちゅぱちゅぱ、どうだ？　射精しそうか？　んちゅっ、ちゅぷぷっ、ちゅぽちゅぽ……」

「あ、ああ、そのまま続けられたら、間違いなく射精してしまうよ」

「れるるっ、そうか、それはなによりだ……じゅぽじゅぽ……ちゅっ……ちゅぱちゅぱ……じゅるるっ」

俺の言葉に嘘はなかった。

フェラを続けられるほど、俺の中で快感がより高まっていく。

エルシリアが頭を動かすたび、粘ついた水音がいやらしく部屋の中に響いていた。

そして彼女の口の端からは収まりきらなかった唾液がだらしなく零れ落ちていく。

なにもかもがひどくいやらしく俺の目には映っていた。

「ぴちゅぴちゅ、んちゅっ……ちゅくちゅく……ちゅるるっ……じゅぱじゅぱ……じゅるる……ちゅちゅっ……んちゅっ、ちゅくちゅく……ちゅうぅっ！」

「うぁっ！」

エルシリアがペニスの先端を強く吸う。

そうするとまるで電気が流れるかのような快感が襲ってきた。

更に彼女のフェラは熱を帯びていく。

俺の弱い部分を探すかのようにざらついた舌がぬるぬると動いていた。

「あっ、はぁっ、そこ、いいよ……もっと舌を絡めて……」

「ここか？　んちゅっ、れりゅっ……ちゅっ、ちゅぱちゅぱ、ちゅちゅっ……ちゅぷぷ、んちゅうっ……ぴちゅぴちゅ……ちゅぽちゅぽ……」

下品な音をたてながら、エルシリアがいやらしく俺の亀頭に舌をまとわりつかせてくる。

熱くぬめる口内にペニスが溶かされてしまいそうだ。

「んちゅっ、ちゅちゅっ、ちゅぱちゅぱ……私、なにか変だ。チンポをしゃぶっているだけなのに、身体が熱くなって……くちゅくちゅ……」

「それは俺のモノを舐めて興奮しているんだよ」

「なにを言う。私がチンポを舐めたぐらいで、そんなことあるはずが……んちゅっ、ちゅぱちゅぱ……」

「それはどうかな？　ちょっとこっちに顔を向けてくれ」

「んちゅっ、なんだ？　ぴちゅぴちゅ。ちゅっ、ちゅるるっ……」

俺のモノをしゃぶりながら、エルシリアがこちらを見上げてくる。

その頬は真っ赤に染まり、目は潤んでいて、誰がどう見ても興奮しきっていた。

「やっぱりな。ひどくいやらしい顔をしているよ」

「で、でたらめを言うな……そんなはずはない……ちゅくちゅく……ちゅっ、ちゅぽちゅぽ……ちゅるるっ……んちゅうっ……」

否定しつつもエルシリアが俺のペニスから口を離そうとはしない。

それが本気で自分たちエルフのためになると信じているからだ。

「そんなに否定することはないじゃないか。俺のモノをしゃぶって興奮してくれているなんて嬉しいよ」

「別にお前に喜んでもらうためにしているわけじゃない。くだらないことを言っていないで……ちゅちゅっ、ちゅくちゅく、さっさと射精しろ……れるるっ……ちゅうぅっ」

「うあっ、そんな強く吸ったら、本当に出る……！」

「それでいいんだ。ほら、射精しろ。汚い人間ザーメン、早く出せ。じゅぱじゅぱ……んちゅっ……れりゅりゅっ……ぴちゅぴちゅ……！」

俺の反応を見て、エルシリアがいままで以上にペニスを責め立ててくる。

あまりのその激しさに一気に限界が近づいてきた。

「ちゅぱちゅぱっ、ちゅっ、ぴちゅぴちゅ……ちゅっ、んちゅっ……ちゅぷぷ……ちゅるっ……くちゅくちゅ……じゅぷぷっ！」

「う、うあ、エルシリア……は、激しすぎる……！」

「まだ射精しないのか？ しぶといやつめ。そら、これならどうだ？ んちゅっ、ちゅぽちゅぽ、じゅぷぷっ……ぴちゅぴちゅ……んちゅっ……ちゅううぅぅうっ!!」

強烈なまでにエルシリアがペニスを吸う。

そのあまりの刺激に、目の前が爆発したかのように真っ白になった。

「ぐっ……!!」

「んぐっ!? んっ、ん、んうぅうっ！」

俺は思いきりエルシリアの口の中に射精していた。

そのまま頭をぐっと押さえて、無理やりに精液を飲ませてやる。

「んむぅっ、んんっ、んくんくっ……」

逃げることのできないエルシリアが大きく喉を鳴らしながら、俺の精液を飲み込んでいく。あのプライドの高いエルフに俺のペニスをしゃぶらせて精液を飲ませてやったのだ。

その様子を目にしながら、俺は凄まじい満足感に包まれていた。

やがて飲み終えたのを確認すると、頭を押さえていた手を離してやる。

するとエルシリアが口の中からペニスを出す。

俺のモノは彼女の唾液と精液でべっとりと濡れていた。

「けほっけほっ、ずいぶんと無茶をしてくれたな……」

「悪い悪い、つい興奮してしまって……でもこれで、そちらが有利に交渉を進められるだろう?」

「そうだな……私の目的は果たせたことだし、許してやろう」

「それはどうも、感謝するよ」

俺はエルシリアの言葉に、にやりと笑う。

何故ならそれは俺の能力が最後まで解けなかった証明なのだから……。

◇

「ふふふ。やはり人間風情というものは、たいしたことがない存在だな」

エルシリアは笑みを浮かべつつ、そうつぶやいた。

あれだけ丁寧に洗脳を施したんだ。本人は誘導されたことなど、いまとなっては思いつきもしないだろう。

俺にたっぷりと射精をさせて、いま彼女はすっかり満足げな表情となっていた。

「こうなっては手も足も出まい。さぞや悔しかろうな、くくく」

口のまわりを精液まみれにしながらも、自信たっぷりに俺を嘲笑する姿は、いっそ滑稽ですらある。

「これで我が国の要望を聞かない限り、貴国との戦争は回避できないぞ?」

うーむ。それでもまだ戦争をする気は満々だな。

ひとまずスッキリはしたし、洗脳は成功したということで今日はよしとしよう。

一晩寝れば、彼女の態度も多少は軟化することだろう。

俺はエルシリアを貴賓室に帰すと、賢者タイムのまま深い眠りについた。


「だから、すでに交渉段階は過ぎたと言っているんだ。人間どもに譲歩が見えぬ以上、戦を避ける余地はない!」

翌日、再び開かれた御前会議にて、エルシリアは昨日と全く同じ主張を繰り返した。

「譲歩しているのはこっちのセリフだわ。その傲慢な態度を改めない限り、泣きを見るのはあなた方エルフのほうよ！」

「まあ待て、シンツィア。そう激高すんなよ」

エルフ側と人間側の主張は、相変わらず平行線のままだった。

このままでは、まとまるものもまとまりそうにない。

いきり立つシンツィアをなだめつつも、俺はうんざりしながらため息をつく。

昨夜ねじ曲げた部分はともかく、エルシリア本来の部分はまだほとんど変化していないようだ。

「あれだけしてまだこんな感じなのか。まったく面倒だな。しょうがない、もっと洗脳を深化させてやるか」

俺は腹を決め、会議を中断させると、エルシリアを寝室に引っ張り込んだ。

今回の交渉期間は3日間。

その間、ことあるごとにエルシリアを寝室に呼び出しては、彼女に洗脳チートを使用し続けた。

「なんかここのところ、あのエルフとふたりきりになってばかりいない？」

「そんなことはないさ。交渉、そう大事な交渉してるだけだ」

「ふーん……あ・や・し・い」

シンツィアのジト目をかわしつつも、せっせとエルシリアの思考をねじ曲げる作業に没頭する。

いざとなればシンツィアもねじ曲げてしまえばいいんだし、別に隠しておく必要もない。だが、エルシリアの洗脳が完成するまでは不測の事態は避けたいしな。

このときになって初めて俺は、『ふたり同時に洗脳することはできない』というチート能力最大の弱点を痛感していた。集団でも順番にならば可能だが〝同時〟はムリなのだ。

「いくら強大な力といえど、頭を使って計画的に行かないと、いつか足下をすくわれるな。バカとハサミは使いようってわけだ」

改めて気を引き締める。慢心は命取りだ。


ともあれ度重なる会合……つまり洗脳のおかげで、3日間の夜にはようやくエルシリアに即時戦争の回避を納得させることができた。

「これだけ精液を飲ませてもらったのだから、最大限の誠意を受け取ったとみなそう。私とて誇り高きエルフの末席に連なる者。誠意には誠意で返す用意がある」

美貌のエルフ全権大使は、凜々しい表情を顔に浮かべ、こちらの要求を快諾するのだった。

「しかし念のため……もう一回だけ飲ませてはもらえないだろうか？」

ただし、すっかり精液中毒にはなっていたけれど。

◇

「これで即時開戦という危機は去ったものの………」

めでたくエルシリアの説得（？）に成功したあと、俺は寝室でひとり考えを巡らせていた。

「戦争を完全に回避するためには、やはりエルシリアひとり洗脳した程度では及びそうにないな」

いくらエルシリアが信頼されている全権大使であろうとも、帰国して突き上げを食らったらどうなるか分からない。

ましてや俺に植え付けられたおかしな理屈を、他のエルフたちに吹聴して回られたら乱心したとしか思われないだろう。

そうすれば、せっかく苦労して洗脳した成果も元の木阿弥だ。

状況そのものは、決して好転してはいないのだ。

「仕方がない。面倒だけど、これもコツコツやるしかないか。面倒だけど」

◇

一週間後。

俺はエルフの国、シルヴァン共和国にいた。

密集した大木の樹上、枝の上に広がる町並みはそれはそれは壮観だった。

眼下に広がる森の緑がとても美しい。

改めてエルフたちの美意識には感服する。

「どうだ、我がシルヴァンは。人間どもの醜悪な町並みに比べると、天と地ほどの差があろう」

かたわらでエルシリアが得意げに鼻を鳴らす。

彼女の案内ではるばるここまでやってきた俺だが、これほど美しい国だとは思わなかった。

「ああ、これは見事なものだ。さすが高位の存在といったところか」

「当然だ。世辞にもならぬ」

せっかく持ち上げてやったのに意にも介さない。エルシリアは相変わらず高慢だ。

「さて、ちゃっちゃとやりますか」

エルシリアが帰国する際、俺は同行を申し出た。

「人間とエルフは友好関係を築かねばならない。そのためにはシルヴァン共和国の重鎮達とひとりずつ会って、人間の誠意を見せる必要がある」

エルシリアは目を丸くして驚いたが、反対はしなかった。

「どうしても直接俺が行って、話をしなければいけないんだ」

洗脳が進んでいる状態のエルシリアにとっては、俺を重鎮たちに会わすことくらいなんでもないことだったからだ。

「そしてその全員を洗脳してしまえば……ふ、ふふふ」

「なにか言ったか？」

「いや、なんでもない」

日々を自堕落に安穏と暮らすためならば、どんな努力もいとわない。日本人というのは勤勉で怠惰な生き物なのである。

かくして俺は、エルフのお偉いさんたちと謁見を始めたわけなんだが――。

「うぇぇ……」

四人目を過ぎたあたりで、早くも心が折れそうになっていた。


エルフたちはみんな美男美女ばかりだった。会う人会う人がいちいち感動するほどに美形揃い。しかも長寿な種族だから百歳を超えていても、見た目は少年程度の風貌なのでとても若く見えてしまう。

そんなキレイな人たちの口から罵詈雑言が発せられ、しかもそれが自分に向けられるというのは、精神的にかなりヘビーなことだった。

彼らはみな、人間に対して憎しみや嫌悪の情を持っている。

それは過去の歴史を見れば当たり前のことなのだけれど、それにしたってこうまで露骨に悪意を隠さない相手と話し合うのは、実に心が削られる作業だった。

なんとか気力を振り絞って、『ひとりずつ』出会った相手に洗脳チートを使用していったのだが……。

「この調子じゃ何十年かかることやら」

さすがに相手は長く生きているエルフたちだ。エルシリアの時と同様、洗脳が効きにくい。

効かないわけではないのだが、全体的に広がっていかないのだ。

だから言葉のひとつひとつを、いちいち丁寧に修正していかねばならない。

これはエルフが人と違って思考の矛盾を勝手にいいように解釈せず、頑固に信念を守り通す融通が利かない性格だということも関係しているのかもしれない。

かといって、エルフたちすべてをエルシリアのように三日三晩洗脳づけにするわけにもいかない。

「とにかく——彼らの思考のすべてを曲げるのは難しい、いや不可能だ」

では、どうする?

◇

「聡明なるシルヴァンの子らよ。これより偉大なる大老よりの言葉を伝える」

大広間に集まった重鎮たちの前で、ひときわインテリそうなエルフが声を張り上げた。

彼は上位の司政官として、シルヴァンの行政事務を担っている男だった。

『しばしの間、人間たちとの戦を見合わせるがよかろう』

その場にいたエルフの誰もが驚き、ざわついた。

「なんと、戦を見合わせるだと⁉」

「まさか大老が、そのようなことをおっしゃるなんて……」

「いや、大老のことだ。なにかお考えがあるに違いない」

シルヴァン共和国はその名のとおり共和制を敷いており、王族だの貴族だのという身分の上下を分ける仕組みを持っていない。

そのかわり年上の言うことを非常に敬い、尊重する文化があった。上位の存在とは、すなわち年寄りのことを指す。

つまりエルフ最上位の『大老』の発言は、親の言うことよりも重いのである。

『我はもうしばらく人間の様子を見ることにしたいと思う』

上位の存在による開戦延期宣言は、そのままエルフの決定事項となった。


エルフたちの頑迷さにほとほと困り果てた俺は、作戦を変更して最上位の存在にだけ集中的に攻勢をかけることにした。

さすがに最高齢だけあって生半可な洗脳ではまったく歯が立たなかったが、とりあえず戦争回避と時間稼ぎだけをどうにかできるよう、的を絞って洗脳していったところ、なんとか部分的に意志を曲げることができたというわけだ。

ちなみに他のエルフたちには、俺の『誠意ある説得』に感銘を受けた大老が、人間に慈悲の心を示した、ということになっている。


『さらにここに提案がある』

戦を延期したところで、このまま人間を放っておくわけにはいかない。
・定期的に国の上位のエルフが人間の国へと赴いて『話し合い』をすること
・さらに『監視役』として、エルシリアを人間の国に常駐派遣すること

『このふたつの事案の遂行によって、シルヴァンの平和は保たれるものと考える』

提案はすぐに承認され、エルフ全体に公表された。

もちろんこれも俺の仕込みである。

上位のエルフに定期的に国までこさせて洗脳の強化をするため、大老に『様子を確認に行くのは当然』と思い込ませたのだ。

何度も洗脳を施していけば、いかなエルフとて虜になる。そうすればこっちのものだ。

また、監視役についても、おおむね好意的に受け止められた。

派遣されるのがあのエルシリアならば大丈夫だろう、と洗脳されていない者たち誰もがそう考えたからだ。ひとえにエルシリアの人望というものだろう。

「やれやれ、これで当面問題は起こらずに済むだろう」

なんだか十年分くらい働いた気がする。

俺は心地よい達成感と大きな疲労感とを抱え、エルシリアを連れて帰国の途についた。

◇

「着いて早々なんだが、エルシリア。おまえ、疲れていないのか？」

ここは我が寝室。

長旅の疲れを癒やそうと、帰国してすぐベッドに横になったのだが、さっそく俺は美貌のエルフにまたがられていた。

「心配には及ばない。これも仕事だ。戦が回避されたとはいえ、やはり人間は信頼できないからな」

相も変わらず上から目線で言い放ちながらも、しっかりと腰を振っている。

「これからも私があなたのすること全てをしっかりと確かめ、シルヴァンに知らせるのだ」

セックス奉仕をしながらそう告げるエルシリアにとって、これは立派な監視作業。

自分では気高いエルフの一員として、人間の王のことを見張っているつもりなのだ。

「そこまで熱心にされたら、俺だって応じないわけにはいかないな」

俺は彼女の監視作業に協力することにした。

◇

「さあ、早く服を脱げ」

「何故、俺がそんなことをしなくてはならないんだ？」

「お前が妙な真似をしないよう、監視するために決まっているだろう」

俺の問いかけに、エルシリアがハッキリと答える。

下等な人間相手にわざわざ取り繕う必要はないといったところか。

「自分でできないというなら、私がすることになるが？」

「分かった、分かったよ」

高圧的な彼女の言葉に、俺は降参とばかりに両手を上げる。

そのままお望みどおりエルシリアの指示に従うことにした。

まずは上着を、それからズボンも脱ぐ。

そうして彼女に顔を向けた。

「ほら、これでいいのか？」

「まだだ。肌着が残っているだろう」

「おいおい、これも脱げって言うのか？」

「当然だ。一体どんなものが隠してあるか分からないからな」

厳しい口調でエルシリアが言う。

俺はやれやれとばかりに首を横に振ると、身に着けているものをすべて脱いだ。

すなわち、生まれたままの姿になったのだ。

「どうだ？　これなら文句はないだろう？」

「いいや、ある」

そういうと、エルシリアが俺に身体を近づけてきた。

すぐ目の前に立ったかと思うと、そのまま屈み込む。

そして俺のペニスを手に取った。

「それ見たことか。こんな危険なものを隠し持っていたではないか」

「おっと、見つかってしまったか」

「ふふん、この私相手に隠し事ができるきとは思わないことだな」

得意げに言うとエルシリアが竿の部分をしごいてくる。

すべすべとした手の感触が、直接伝わってきた。

思わず俺のペニスがピクピクと反応してしまう。

「こんな危険なものは私がしっかり管理しておかなくてはな」

「おいおい、そんなことをされたら俺はなにもできなくなってしまう」

「それこそが私の狙いだ……んっ、どんどん硬く大きくなってきたぞ……」

エルシリアの吐息がペニスに触れる。

それがなにやらこそばゆくて、俺のモノがピクピクと反応した。

「こんなにいやらしく勃起させて、女を犯すことしか考えていないのだろう？」

「本当にエルシリアはなにもかもお見通しなんだな」

「当たり前だ。お前のような浅はかな人間の考えなど、すべて分かる」

そう言いながら、彼女はペニスをしごく手を止めようとはしない。

休みなく与え続けられる刺激に、俺のモノの先端からカウパーがあふれ出してきた。

「お前のだらしないチンポからいやらしい汁が出てきたぞ……これだから人間は……んっ、はぁはぁっ……」

「エルシリアの責めが激しくてな。すっかりたじたじだよ」

「甘いな。この程度で済むと思うなよ」

「なに？　まさかまだ、なにかするつもりなのか？」

「無論だ。このチンポを管理するためには、私のおまんこを使うのが一番だ」

そう言うと、エルシリアがペニスから手を離して立ち上がる。

そして俺の胸元を押すと、ベッドに横たわらせた。

「お、おい、どうするつもりだ？」

わざと慌てた口調で聞くと、エルシリアが愉快そうに笑った。

「さっき言っただろう。私のおまんこで、お前のチンポを管理してやるんだ」

俺を見下ろしながら、エルシリアが服を全部脱いでいく。

そしてすぐに俺と同じように生まれたままの姿になっていた。

そのまま俺の上にまたがると、ペニスに割れ目を擦りつけてくる。

「んっ、んんっ、覚悟していろ……すぐに入れてやるからな……」

「た、頼む、それだけはやめてくれ。そんなことをされたら本当に俺のチンポがなにもできなくなってしまう」

「ふん、むしろそのためにやるんだ。お前の言うことに聞く耳など持たん」

エルシリアが何度も俺のペニスに割れ目をこすり付けてくる。

ぷにぷにと柔らかな感触に、どんどん自分の中の興奮が高まっていくのが分かった。

そして間違いなく彼女のアソコからは愛液が滲み出してきていた。

擦り付けられるたびに愛液が俺のペニスになすりつけられる形になり、あっという間にぬるぬるになってしまう。

「んんっ、なんて硬いんだ……いままでさぞかしこの凶悪なチンポで好き勝手してきたのだろうな？　だが、それも今日までだ」

「くっ……本当に、お前のおまんこに俺のチンポを入れるつもりなのか？」

「ああ、そうだ。せいぜい、これまでの自分の行いを悔いることだな。ふぁっ、あ、あんっ……はふっ……ん、んくっ……」

いつしかエルシリアのアソコからはくちゅくちゅといやらしい音が出ていた。

こすり付けられた膣口がひくついているのが分かる。

それだけではない、興奮からか燃えるように熱くなっていた。

「さあ、そろそろ入れるぞ」

「そ、そんな、お願いだ、これ以上は……くっ……」

「ふふ、ほら私の中にお前のチンポが入っていくぞ……ん、んくっ、んぅっ……」

ペニスの先端を入り口にあてがうと、エルシリアがゆっくりと腰を下ろしていた。

下から俺のモノがエルシリアのおまんこに飲み込まれていく様子がよく見えた。

セックスをすることで俺の自由を奪い、監視できるという洗脳がしっかりと訊いているようだ。

そのおかげで気高いエルフ自ら、下等と見下している人間のペニスを挿入しているのだから。

「あ、あんっ、硬くて大きいの入ってくる……ふぁぁっ、あ、あんっ、あ、あぁっ……んんっ、あれ、でも私はなんでこんなことを……？」

「俺を監視や、管理するためだろう？　自分でそう言っていたじゃないか」

「そ、そうか、でも、何故そのために私が人間なぞと交配しなくてはならないのだ？」

どうやら挿入の衝撃で洗脳が解けかけているらしい。

だがまあ、その程度、うろたえるようなことはなにもなかった。

「決まっている。そうすることで俺の行動を完全に制限して、監視することができるからだ」

「それなら（こんな素敵なチンポを入れる以外）他に方法がある（わけがない）ではないか」

「ああ、エルシリアの言うとおりだ」

「そ、そうか、そうだったな……んっ、んぅっ……お前を監視するためには、チンポを入れる必要があったんだった……んぅぅっ……」

俺の能力によって、再びエルシリアが洗脳される。

納得したかと思うとそのまま一気に腰を落として俺のペニスを奥まで飲み込んだ。

「んぅっ、あ、あんっ、ふ、ふふ、どうだ、全部入ったぞ。これでお前の自由はすべて私のものだ」

「くそっ、これじゃ手も足も出ない」

「どうだ？　私がいる限り、なにを企もうと無駄なことだと、分かっただろう？　あっあ、あんっ、あぁっ、チンポ硬い……ひゃんっ……ん、んんっ！」

そう言いながら、エルシリアが最初から激しく腰を動かし始める。

まださほど濡れていない彼女の膣内は、ペニスがひっかかるような感じで少し痛かった。

「あっぁ、あんっ、ん、んんっ、それにすごく大きい……私の中がチンポでいっぱいになってしまっている……あ、あふっ……！　だがこれでお前の自由は完全に奪ったぞ」

「いや、まだ俺の自由は完全に奪えていないぞ。ほらっ」

「なに？　ふぁっ、勝手に腰を動かすな……んぅっ、ん、んくっ、ん、んんっ……」

俺は下からペニスを突き上げつつ、エルシリアの弱い部分を探す。

「あんっ、チンポ、私の中、探るように動いてる……ああっ、あ、あんっ、あ、あうっ、あ、あぁっ、無礼者が……」

ズンズンと下から突き上げながら、亀頭で入り口の浅い部分を擦る。

「ふあぁぁぁあっ⁉　やっ、そ、そこ、ダメっ」

その瞬間、エルシリアが大きく背中を仰け反らせ、ペニスをきつく締めつけてきた。

どうやらここが弱点のようだ。

俺は重点的にそのポイントを亀頭で責め立てていく。

「あっあっ、あんっ、そこばっかり擦るのダメっ！　ひあぁっ、あ、あぁっ、あ、あふっ、

ん、んくぅっ、んあっ、ん、んんっ!!」

何度もそれを繰り返していると、エルシリアの中が愛液で潤っていくのが分かる。

同時に膣肉もほぐれて、ペニスの動きがだいぶスムーズになった。

「んぅっ、な、なにこれ……ひあぁっ、あ、あんっ、あ、あぁっ、声出ちゃう……チンポ気持ちいいところ擦れてるぅっ！」

誇り高いエルフが人間チンポで甘い声を上げていた。

それは誰がどう聞いても間違いなく、快楽の色が滲んでいた。

「そら、どうした？　そんなことじゃ俺を管理するなんて夢のまた夢だぞ」

「くっ、この私が人間に好き勝手されてたまるか……んっ、んく、んんっ……!!」

「うくっ!?」

反撃とばかりにエルシリアの膣内がきつく俺のペニスを締めつけてくる。

さらには彼女のほうから激しく腰を動かしていた。

熱くぬめる膣内でペニスをしごかれ、凄まじい快感が全身を走り抜けていく。

「んくっ、ど、どうだ、これで勝手な真似はできまい……あんっ、あ、あぁっ！　お前の全ては、私が管理するのだ……ふあぁっ、あ、あうっ、あ、んあぁっ」

「な、なんのこれしき……俺はまだ負けていないぞっ」

「ふあぁっ！　お、往生際の悪いやつだ。あぁっ、あんっ、チンポ、奥まで届いてるっ……！　ひぐっ、ん、んあっ、あ、あひ！　ん、んんーっ!!」

　エルシリアのおまんこはすっかりと俺のモノを受け入れていた。

　奥を突くたびに、嬉しそうに吸いついてくる。

「だ、だが、私として、これしきのことでは負けん。そらっ、これはどうだ!!」

「うあぁっ!?」

　エルシリアの膣内がまるで雑巾を絞るかのように、俺のモノを締めつけてくる。

　その動きが生み出す強烈な快感を前に思わず声が出てしまった。

「くっ、さすがエルシリアだな……俺の負けだ」

「ふふ、そうだろう。潔くそれを認めたことだけは褒めてやる。あんっ、あ、あふ、あぁっ、あ、あくっ、ん、はひっ、あ、あんっ」

　ぐちゅぐちゅといやらしい音を立てながら、エルシリアが俺のモノを飲み込んでいく。

　その様子が俺の位置からはよく見えていた。

「エルシリアのおまんこ、大きく開いて俺のモノを美味しそうに咥え込んでいるよ」

「あ、ああ、そうだ。これもお前を監視するため……ひゃんっ……んくっ、ん、んあっ、ん、んくぅっ!!」

　二つの胸を揺らしながら、エルシリアが必死に腰を動かしている。

　ぬるぬるとしていて締めつけ、吸いついてくる感触は、シンツィアとだいぶ違っていた。

ごつごと先端が行き止まりに当たるたび、彼女が大きく背中を仰け反らせた。

「ふあぁっ、あっあ、あんっ、チンポいいっ。あくっ、あ、あぁっ、あふっ、ん、んんっ、んうぅっ」

すっかりと夢中になった様子で、エルシリアが腰の動きを変えていく。

「はぁはぁ、チンポいいの。んくっ、ん、んんっ、んぁっ、あ、あぁっ、あんっ、あ、あ、あぁっ」

エルシリアが腰を動かす度に、派手にエルシリアの愛液が飛びちっていく。

俺自身、下からズンズンと突き上げ、より強い快感を求めていく。

熱く締めつける膣内に包まれながら、急速に俺にも限界が近づいていた。

「はぁはぁっ、すごいよ、エルシリア……これじゃ自由になんてなれるはずがない……」

「ふふん、それでいいんだ。そらもっと感じさせてやる」

「あっ、くっ、うあぁ……」

エルシリアの責めに俺が情けない声をあげると、ここぞとばかりに更に腰の動きを激しくしてきた。

「ほら、ほら、これはどうだ？　んっ、んくっ、んっんっ、んあっ、あ、ああっ、あふっ、あっあっ、あんっ」

「ペニスが中でしごかれて、たまらないよ……！」

「さしものお前も私のおまんこを前に、なすすべがないようだな……んんっ、んくっ、んあっ、ん、んくうっ……！」

容赦なく締めつけられ、ぬるつく膣壁でしごかれ俺は射精寸前だった。

そんなところにエルシリアが思いきり腰を落としてくる。

そして先端が勢いよく行き止まりにぶつかった。

「うぁっ、出る……‼」

その瞬間、俺はたまらず射精してしまっていた。

エルシリアの中でペニスが暴れながら、ありったけの精液を注ぎこんでいく。

「んあぁあぁぁあぁぁあぁぁあぁぁあああぁっ⁉」

膣内射精を受けて、俺の上でエルシリアの身体がびくびくっと跳ねる。

どうやら中に出された刺激で達してしまったようだ。

熱くぬめる膣肉がこれでもかと吸いついてきていた。

「はぁはぁっ、私の中に、熱いのがいっぱい……んんっ、これだけ搾り取れば、しばらくの間、好き勝手できまい……」

俺の精液を膣内で受け止めながら、エルシリアが満足そうに笑う。

その姿を下から眺めながら、俺はしばらくの間、絶頂の余韻に浸るのだった。

◇

「フフフ、いい具合に深化してきているな」

横たわるエルシリアを眺めながら、思わず笑みがこぼれる。

このまま彼女を時間をかけてじっくりと洗脳し、完全に性の虜にしてやろう。

でも、ただ従順な性奴隷にしても、それはそれで面白くないな。

いつでもどこでも、平気な顔でセックスに応じるようにしようか。

それとも、気位の高い性格はそのままに、喜んで変態行為をする女にしようか。

「まさに夢が膨らみんぐ♪」

俺はエルシリアの洗脳計画をあれこれ考えながら眠りにつくのだった。

# 第三章 女神様の憂鬱

「整列！　構えよし、んあぁあっ！　あひっぃ、はっ、始めっ！　くあぁあっ！」

城内、広い中庭の前で、シンツィアが騎士たちに号令をかける。

集まっているのはルナティリアでも精鋭の騎士たちだ。二十人ほどはいるだろうか。

シンツィアの号令の元、彼らが中庭で訓練するのは日課となっている。

今日もいつもと変わらない、ごくありふれた普通の日だった。

「んあぁあっ、はっ、はげしっ、んひぃいぃっ！」

大きな噴水の縁に手をついて、尻を突き出しながら俺に犯されていることも含めて。

「ああっ、そ、そこ、奥、届いていますっ、あ、あ、あ、き、気持ちい、ひぃっ！」

衆人環視の中でも構わずに、自ら腰を振りまくるシンツィア。

俺のほうも、一切の容赦なくペニスを突き立てまくる。

洗脳は充分過ぎるくらい浸透している。

「ご主人様のためならば、どのようなことでもいたします」

あの生意気なシンツィアも、いまではなんのためらいもなくこんなセリフを吐くくらいになっている。

もちろん騎士たちにも一切の動揺はない。彼らにも洗脳は行き渡っている。目の前で繰り広げられていること——皆の前で姫が俺に犯されることは、ごく当たり前の日常なのだ。

「せいっ！　やーーっ！」

今日も彼らはせっせと訓練に励む。

何人かは勃起してそうだったけど、股間にはプレートがあるので真偽は分からなかった。

別に知りたくもないが。

「なにをよそ見している。ちゃんと見ているのか？」

「あ、ああ、すまない」

シンツィアとの昼のことを思い出し、ぼーっとしていたところをエルシリアにとがめられた。

「せっかく報告に来てやったのに、上の空とはたいした態度だな」

「悪かったってば。さあ、報告を始めてくれ」

「うむ……く…………んあ…………んふぅっ！」

王の執務室。サインすべき書類が山と積んである机越しに、午後の謁見に来たエルシリアが視察報告を始める。

「んはぁっ、卵っ、出る、卵産まれるぅっ！」

俺の目の前でガニ股の仁王立ちをしたエルシリアが、自らの指で膣を開いて、膣内に仕込んだゆで卵を産み落とす。

床にはすでに産み落とした卵が二つも転がっている。

「う、うまれた……んはぁ……たまご、うまれましたぁ……」

「三つめか。うむ、エルシリアの報告はよく分かったぞ。この調子で両国の平和のために励んでくれ」

「言われるまでもない。ただ、私がこうするのは他でもない、シルヴァンのためだがな」

洗脳はかなり深化してきているが、不遜な態度はあまり変わらない。

だが、このほうがエルシリアらしくていいかもな。エロいし。

「しかし、人前で産卵だなんて、おまえもよくやるよな」

「ふん。私を誰だと思っている。人間にできて、エルフにできないことなどないわ」

そう言ってエルシリアは満足げに微笑むのだった。

膣を開ききったままで。

その後しばらくは、順調に支配が進んでいた。

国のこともそうだが、特に気に入ったふたりの美女を犯すのはやめられない。

俺は毎日のようにシンツィアとエルシリアのふたりを呼び出してはセックス奉仕させ、さらに洗脳を深化させていった。

そのかいあってか、シンツィアは、俺に性的な奉仕をすることに喜びを感じるようになったし、エルシリアは俺に命じられると、高慢な態度のまま、どんな下品なことでもするようになってきている。

いまではふたりとも、俺のチンポに従うことこそ、自分達の『生まれてきた意味』くらいに感じるようになっているはずだ。

能力の性質上、とりあえずいまは一度にひとりずつ交互に犯しているが――。

「いずれ洗脳がもっと深化したら、３Ｐもいいかもしれないな」

この調子なら世界征服もできるんじゃね？

ニヤニヤしながらそんなことを考えていると、突然寝室の中がまばゆい光に包まれ、透き通るような声が響き渡った。

「あなたがこの世界に召喚された勇者なんですね」

◇

「わたくしはジョルジア。愛と性をつかさどる、このミルドガルの女神です」

神々しいばかりの光をまといながら、俺の眼前に絶世の美女が出現した。

いや美しいなんてもんじゃない。美人さで言ったらシンツィアやエルシリア以上かもしれないぞ。

おまけに雰囲気が妙になまめかしくてエロい。

しかもその正体は、愛と性をつかさどる女神だと？

「……もう、たいがいのことじゃ驚かないぞ」

と言いつつ、落ち着きを取り戻すのに、たっぷり五分間必要だった。


「ここミルドガルは、わたくしの管理する世界なのです」

「うん、それは分かった。で？　俺になんの用なんだ？」

「最近、このミルドガルに他の世界から紛れ込んだ人間がいるというので、わたくし自らご挨拶にやってきたのですよ」

ニコニコと微笑を絶やさない女神は言った。

だが、その微笑みには、ただやさしさだけじゃなく、有無を言わせないなにか迫力のようなものがあることを俺は感じ取っていた。

「ご挨拶だと？　この世界の女神は、いちいち人間ひとりひとりに会いに来るほど暇なのか？」

「ふふふ。そちらこそご挨拶ですわね。まあ、いいでしょう」

女神がコロコロと鈴が鳴るような声で笑う。それは生で見ているのに、目にソフトフォーカスがかかりそうなほど魅力的な表情だった。

「わたくしはですね、確認に参ったのです」

「確認？」

「ええ。ミルドガルでは魔法のおかげで、ごくたまに異世界からやってくる者がいます。彼らは多くの場合、ずば抜けた才能で戦争に荷担したり、文化に革命をもたらしたりします」

過去に呼び出された勇者たちのことか。

「それでも彼らは所詮人間でした。神たるわたくしからすれば、人間の力など取るに足らない程度のもの。それほど気にはならなかったのですが——」

ジョルジアが俺に近づいてくる。ふわっといい匂いがあたりに漂った。

「少々、ココに興味がわいてですね。参上した次第です」

そう言いつつ、彼女は俺の股間をつんつんとつついた。

「おうっ」

思わず腰が引ける。愛と性の女神は大胆だった。

「まれに人間とセックスをすることもあるのですが……やはり人間の貧相な肉棒では満足できないんですの」

臆面もなくそんなことを言う。

聞くところによると、このところの俺の所業はずっと観察していたらしい。

そしてシンツィアとエルシリアのふたりの態度を見て、ちょっとだけ『つまみぐい』がしたくなったジョルジアは、こうして俺の前に現れたという。

「んふふふふ」

事情を知ってみると、ジョルジアの微笑みが女神というより女豹のように見えてくる。

俺は彼女のおっぱいのやわらかな刺激とともに、ベッドに押し倒された。

◇

「さて、あなたのモノがどれほどのものか、試させてもらいましょうか」

そう言いながら、ジョルジアが俺のズボンを脱がすとペニスを取り出した。

優しく竿の部分を握り締めると、小さく口を開いて上から唾液を垂らしてくる。

「うくっ、なにをするつもりだ？」

「ふふ、こうしたほうが、より気持ちよくなるのですよ……」

俺の言葉に、ジョルジアは妖艶な笑みを浮かべた。

生温かく、とろりとした唾液が俺のペニスを濡らしていく。

それを確認してからジョルジアがゆっくりと手を動かし始める。

ぬるぬるとしていて柔らかな手でしごかれて、俺のモノがすぐに反応して大きくなっていった。

「ほら、大きくなってきましたよ……ふむふむ、なるほど」

上下に手を動かしてペニスをしごきながら、ジョルジアがじっと見つめてくる。

「とりあえず、硬さと大きさは及第点といったところですね」

「それはどうも……女神様のお眼鏡にかなったようで嬉しいよ」

「まだまだ、これぐらいで調子に乗ってもらっては困りますよ。持久力と、精液の量も大事ですからね」

皮肉で言ったつもりだが、そんな風に返されてしまう。

先ほどから能力を使おうとしているのだが、なかなか上手く行かなかった。

悔しいが、さすがは女神といったところか……。

「ふふ、このわたくしに力を使おうなどと無駄なことを考えるのはやめて、いまは身を任せていればいいのです」

「っ……！」

ジョルジアがぎゅっと強めに俺のペニスを握り締めてくる。

どうやらこちらの考えていることまでお見通しのようだ。

「あなたのおちんちん、ドクドク脈打っていてとても熱いですよ……それに先っぽから、エッチなお汁が出てきました」

「女神様の手でこんなことをされているんだから、誰だってそうなるだろう」

「ええ、確かに当然のことですね。では、あなたのおちんちん、もっと試させて頂きますね」

そういうとジョルジアが俺のペニスから手を離す。

そして自分の上着に手を伸ばすと、二つの膨らみをあらわにした。

ぶるっと大きく揺れながら、形の良いおっぱいが俺の目に飛び込んでくる。

「なっ……これは……」

俺はジョルジアの胸を目にして、思わずごくりと唾を飲み込んでいた。

それはあまりにも豊かで美しいおっぱいだった。

形がよくて張りもあり、乳首も薄いピンク色で乳輪もほどよい大きさだ。

思わずいますぐしゃぶりつきたくなるような、そんな立派な胸だ。

「わたくしの胸に見とれていますね？　分かりますよ、男性はみなそうでしたから」

楽しそうに笑うと、ジョルジアが両手で自分の胸を左右から抱え上げた。

そうして俺のペニスを挟み込んでしまう。

「うくっ……!?」

「喜びなさい。いまからわたくしの胸であなたのモノを気持ちよくしてさしあげます。こんな幸運、滅多にありませんよ……んんっ……」

むっちりとした胸が左右からぎゅっと俺のペニスを挟みこんでくる。

彼女の肌はすべすべとしていて、まるで吸いついてくるかのようだった。

「あは、わたくしの胸の中であなたのおちんちん、ビクビクしてますよ……では、始めますね……」

「あうっ……」

ジョルジアが胸をもにもにと動かして、ペニスをしごきはじめた。

先ほど唾液で濡らされていたおかげでぬるぬるとした感触も加わり、とてつもない快感を生み出している。

しかもそれだけではなく、ジョルジアは舌を伸ばすと先端を舐め始めた。

「れるっ、ちゅっ、んちゅっ……ぴちゅぴちゅ……ちゅぱちゅぱ……ちゅるるっ……くちゅくちゅ……んちゅっ……れるるっ……」

舌全体を使って、満遍なく亀頭の部分を舐めてくる。

熱くざらつく舌の感触に思わず腰が浮きそうになってくる。

「ペロペロ……ちゅちゅっ……れるっ、んちゅっ、味はなかなかのものも……はふっ、ぴちゅぴちゅ……ちゅっ、ちゅぱちゅぱ……れるぅっ……」

文字どおり俺のモノを味わいながら、じょじょに胸の動きを激しくしてペニスをより強くしごいてくる。

充血してすっかりと硬くなった乳首を竿の部分に擦りつけるようにしてきた。

「うぁっ、乳首が当たって……くぅっ……」

「ふふ、これ、気持ちいいでしょう？　腰が動いているわよ」

悔しいがジョルジアの言うとおりだった。

更なる刺激を求めて、腰が勝手に動いてしまう。

「この様子じゃ、すぐにイッてしまうのではないの？」

「なめるなよ。誰がこのぐらいのことで……」

「あら、そう？　じゃあ、こうされたら？　はむっ……ちゅくちゅく……ちゅぅぅっ……ぴちゅぴちゅ……ちゅぷっ、んっ、んちゅっ、ちゅぅぅうっ」

「ぐっ……!?」

先端を口で咥えると、穴の部分を舌先で弄ったり、強く吸ったりしてくる。

いままでとはまた違った刺激に、思わず声が出てしまった。

心臓がドクドクと脈打ち、全身が燃えるように熱くなっていく。

「ちゅっちゅっ……ちゅぱちゅぱ……ちゅっ、ぴちゅぴちゅ、ちゅるるっ、んちゅっ、ちゅちゅっ、れるっ……れりゅりゅっ……‼」

俺の反応を見て、ジョルジアが更に激しく責め立ててくる。

過去の誰とも比べ物にならないほどのテクニックを前に、どんどん快感が高められていくのが分かった。

「おちんちん、わたくしのおっぱいの中ですっごく暴れてるわよ……あんっ、ちゅぽちゅぽ……ちゅくちゅく……ちゅっ……ちゅぷぷ……ちゅるる……」

ビクビクと暴れるペニスを、ジョルジアがおっぱいを使って両側から押さえ込んでくる。

むっちりとしていて柔らかな感触に包み込まれ、与えられる快感からの逃げ場がどこにもなかった。

「ふふ、どう？　わたくしのおっぱいでされるのは。味わったことがないぐらいに気持ちいいでしょう？　イキたいのなら我慢せずにイッてしまっていいのよ？」

「だ、誰が……俺がこの程度でイクわけがないだろう」

「あら、強がっちゃって。その威勢がどこまで続くのか楽しみね。例えば、こんなことを

してみたり」

「うあぁっ⁉」

よりいっそう、おっぱいで強くペニスを挟み込んでくる。

そうして舌先で先端の穴をぐりぐりとほじくるように弄ってきた。

「それから、こんなこともしてみたりして……はぷっ……んちゅっ、ちゅうぅぅっ！　ちゅぱちゅぱ……ちゅるっ、ちゅうぅううっ」

「ぐうぅうっ……‼」

いやらしく音を立てながら、亀頭の部分を強く吸ってくる。

その刺激が強烈な快感に変わって、全身に汗が浮かぶのが分かった。

さすがは愛と性の女神というべきなのか……男を喜ばせる術に長けている。

「どう？　射精したくなってきたのではなくて？　ぴちゅぴちゅ……れるるっ……んちゅっ、くちゅくちゅ……ちゅちゅっ……ちゅっ……ぴちゅちゅっ……」

「い、いや、これぐらいじゃまだまだだな」

「ふふ、その強がりがいつまで続くでしょうね？　ちゅぽちゅぽ。ちゅっ、ちゅるるっ……ちゅぱちゅぱ……じゅぷぷ……ちゅうぅうっ‼」

「あうぅっ‼」

ぬろりと舌を巻きつかせながら、その上で強く吸ってくる。

あまりの快感に俺のペニスは既に痛いほど張り詰めていた。

柔らかな弾力で容赦なく押さえ込まれ、むにゅむにゅとひたすらにしごかれていく。

時折、こりこりとした乳首を擦り付けられ、その感触がまたたまらない。

「んちゅっ、ちゅぷぷ……ちゅっ……ちゅぽちゅぽ……れりゅっ……ぴちゅぴちゅ……ちゅっ……ちゅぷぷ、ちゅぱちゅぱ……!!」

先端を咥え込んだまま、舌先を亀頭に絡みつけてくる。

熱くざらついた舌でぬるぬると裏スジを刺激されて、背筋にぞわぞわとした快感が走り抜けていく。

「あぷっ、んちゅっ、おちんちん、ビクビクしっぱなし……んんっ、エッチなお汁もどんどん溢れてくるし……れるるっ……ちゅっ、んくっ……」

俺の能力が通じないいま、されるがままになるしかなかった。

どうにか隙を突こうとしても、まったくどうにもなりそうにない。

「ほら、わたくしのおっぱいでされるの気持ちよくてたまらないでしょう？　えいえいっ」

「あくっ、た、確かに気持ちいいが、射精するほどじゃないな」

「人間のわりには頑張りますね……いいでしょう。もっと、気持ちよくしてあげますよ」

そう言うとジョルジアはさらに激しく胸を動かし、俺のペニスをしごいてくる。

もちろんそれだけではなく、先端を咥えると頭を上下に動かしてきた。

「ちゅぱちゅぱ、ちゅちゅっ、んちゅっ、くちゅくちゅ、ちゅっ……れりゅっ……れるるっ……ちゅぷぷ……ちゅぅっ！」

「うくっ……」

「んんっ、あらあら、どうしたの？　腰が動いているわよ？」

「はぁはぁ、くそっ……ここまでされて、我慢できるはずがないじゃないか」

ジョルジアの言うとおり、俺は自分の意思で腰を動かしていた。

大きく柔らかな胸の間を夢中になって往復していく。

「ふふ、それでいいのよ。所詮は人間、女神が与える快楽の前に抵抗できるはずないのだから……ちゅぷちゅぷ……ちゅっ、ぴちゃぴちゃ……」

屈辱と敗北感が、胸の中に広がっていく。

だがいまはそれ以上に、俺は目の前の快楽に夢中になっていた。

「れるるっ、んちゅっ、ちゅぱちゅぱ……ちゅちゅっ……くちゅくちゅ……れりゅっ……んちゅっ……ちゅぱちゅぱ……ちゅるるっ……」

俺のモノをいやらしくしゃぶりながら、ジョルジアが頭を上下に激しく動かす。

熱くぬめる口内に嫌でもペニスが反応してしまう。

「はふっ、先っぽ膨らんできたわよ？　射精しそうなのね？　いいわ、わたくしの口にお出しなさい……ちゅちゅっ……ちゅぅっ！」

「だ、誰が、お前の言うとおりになんか……」

「本当に強情ね。早く素直になりなさい。そうすれば楽になれるわよ。ちゅぱちゅぱ……ちゅちゅっ、んちゅっ……ぴちゅぴちゅ……」

「ぐっ……！」

どうにか射精を我慢しようとするが、無駄な抵抗だった。

全身が燃えるように熱くなり、息は乱れ、限界はすぐそこまで迫っていた。

「ちゅぴちゅぴ……くちゅくちゅ……ほら、早く、精液出しなさい……臭くて、汚い人間ザーメン！　んちゅっ、ちゅはぽちゅぽ……じゅぷぷっ！」

「うあぁぁあっ!!」

ジョルジアがペニスを奥まで深く咥え込み、いっそう強く吸う。

あまりの刺激に腰が浮いてしまう。

そんな俺のペニスの先端をジョルジアが喉を使って締めつけてくる。

「ちゅぱちゅぱ、ちゅっ、んちゅっ……ちゅるるっ……ちゅぷちゅぷ……ちゅっ……ちゅうぅぅうっ！」

いままでに味わったことがないような強烈な快感が襲ってくる。

そのあまりの刺激に、一気に限界が訪れた。

「で、出る!!」

「んむぅっ！　んっ、んんっ、んくっ、んくっ、んあっ……」

ペニスが跳ねながら、凄まじい勢いでジョルジアの口に精液を注ぎこんでいく。

彼女は目を細めて、喉を小さく鳴らしながらそれを飲み込んでいった。

そして射精を終えたところで満足そうに口を離す。

「ぷぁっ……たっぷりと出ましたね……ふふ、よっぽどわたくしにされるのが気持ちよかったようで」

「………」

「味と量と濃さも、まあまあでした。でも、持久力に難ありですね、もう少し頑張ってくれないと」

好き勝手言ってくれているが、射精の気だるさと、されるがままになってしまった事実になにも言い返す気になれない。

どうにかしてこの女神を俺の能力で洗脳することはできないだろうか……？

いまの俺の頭の中はそのことでいっぱいになっていた。

◇

「……やっぱり人間なんてこの程度なのかしら」

事を終えた後、ジョルジアがため息交じりにそうぼやいた。

「特別な力を持った人間ということで、少しは楽しめるかと思っていたのですけれど、わたくしが期待しすぎたのでしょうか」

俺、というより人間を小馬鹿にするような体《てい》で鼻を鳴らす。

「たしかに愛と性をつかさどる女神ってだけはある。すごいテクだった」

ジョルジアの性技になすすべもなく簡単にイカされてしまった俺は、大きく息をつく。

予定ではもっと主導権を握ってやるつもりだったのだが、初めての女神相手《プロ》でこちらが翻弄されてしまった。

咥えられている最中になんどか力を使おうと試したが、相手が女神だからか、エルフよりも洗脳チートが効きにくいようだ。

もっとも、快感に流されて集中できなかったっていうのもあるけどな。

「んふふ、まあ安心なさって。人間にしてはあなたは悪くないほうよ」

だが――。

このままでは終わらせないぞ。

「ところで……そろそろ本当のところを教えてくれないか？」

「本当のところ？」

「ああ。まさか性の女神様が、人間風情の精液を吸いに来ただけじゃあるまい？」

「『愛と性』の女神よ。略さないで。それじゃなんだかわたくしが淫乱みたいに聞こえるじゃない」

いや、どうみても淫乱そのものだと思うぞ。

「その愛と性の女神様が、どうして俺のところへ？　本当にココの確認だけってことはないだろう？」

俺は自分の股間を指さしながら言う。

「なんのことかしら？」

「人間程度では満足できないって自分から言ってるくらいの女神様だしな。もちろん楽しんでチンポしゃぶってたのも本当だろうけどさ」

「た、たしかに半分は趣味と実益を兼ねていたのは本当ですけれど……いえいえ、他にはなにもありません」

ジョルジアの目が泳いだ。ここだ！

「たとえあったとしても、そんなことを話すつもりはないし、言えません（けれど、特別に教えてあげる）………あら？」

ようやく糸口を掴んだ。

俺は洗脳チートでいっきにたたみかけ、この女神の本来の目的を聞き出すのだった。

◇

「なぜ俺を殺そうとする？」

ジョルジアはミルドガルの女神だ。

人間やエルフ、その他にも様々な種族の住むミルドガルを統括する彼女は、この世界を愛していた。

一応他にも神々はいるらしいのだが、さしあたって住人と関わりたがるような者はほとんどおらず、我関せずが通常の神のスタイルである。

だからジョルジアは、ある意味神の中でも異端児的な存在だった。

ジョルジアは世界への愛を語る。愛をつかさどるゆえに、世界を愛する。

「この世界を愛しているからよ」

確かにこれこそ女神というものなのかもしれない。

「ふむ……」

だから彼女にとって、異世界（つまり地球）からこちらに召喚された俺は、完全に部外者でよそ者で管轄外で異邦人だったのだ。

「あなたはいままで召喚された『異世界人』の中でも特に異色みたいね。どんな力なのかまでは分からないけれど、これまで見てきたところ、世界に対して影響が大きそうで放っておけないの」

力の影響で、普通なら言わなくていいことまでペラペラとしゃべる。

「わたくしのミルドガルがこれ以上変えられないように。それにはあなたに『消えて』もらうのが一番なのよ」

物騒なことをさらっと言う。やはり人とは倫理観が少々異なるのだろう。

「いまのままでは、わたくしがあなたに女神の力を振るうことが、ほとんどできないけれど――」

一度死ねば存在が彼女の管轄となるので、どうにでもできるのだという。

「もっと直接的に『どうにかする』ことはできますからね」

邪気のない笑顔を俺に向けるジョルジア。その邪気のなさが、かえって彼女の本気さを示していて、思わず背筋に冷たいものが走る。

「どうにかする、ね……」

つまり平たく言えば、彼女は俺を殺すつもりであることを理解する。

これは放っておけないぞ。

相手が女神とはいえ、俺に危害を加えるつもりならば排除せねばならない。

全ては俺の安寧なる生活のため。容赦の必要はない。

「……でもどうしてあなたにここまで話しちゃったのかしらね。本当はここまで言うつもりなんてなかったのに（でも彼は特別なんだから問題ないわ）」

都合の悪いことを垂れ流している自覚はあるらしいが、間違いなく俺の洗脳チートはバレていない。

その上、効きが悪くてもちゃんと通用はしている。

そこで、この女神を逃さないためにも、俺はさらに洗脳を浴びせかけた。

「世界のためにも、あなたの力はどうにかして封じるしかないの。そのためには（エロ）女神としてあなたに（全精力をかけてセックス奉仕をして）自分の言うこと（ではなくあなたの命令）に従うようにするしかないわね」

◇

「んはあああっ！　な、なにっ、なんなのこれぇ！」

王のベッドで、女神があられもない姿をさらしていた。

腕の中でジョルジアの肢体が跳ねる。

「全然違うぅ、くうぅ、こんな……ふああっ、人間のモノなんかで、こ、このわたくしがっ、んひぃぃぃっ!!」

俺のペニスを挿入されたとたん、それまで余裕をぶっこいていた女神が狂ったようによがりだした。

もちろん思考誘導のおかげだが、本人にとってはさぞや驚きだろう。

「こんなはずない（けれどすごく気持ちいい）……（この男以外の）人間のペニスでわたくしがこんなに感じるはずがないのっ、んぁあっ！」

自ら腰をグラインドさせ、ペニスをむさぼり食おうとする。自分の意思というより、ぁまりの快感に身体が勝手に動いてしまうのだろう。

それほどまでにいまのジョルジアは感じていた。

「どうした？　奉仕するといって俺を押し倒したのはそっちだぞ、女神様」

「わ、わたくしが奉仕……くあっ、し、しなければ……あひぃっ、いけないのに（気持ちよくてたまらない）、ひあああっ！」

次から次へと蜜があふれ出し、自分をコントロールすることができない。

「性の女神と言ったくせに、自分がよがってるだけじゃないか」

「な、なぜ（か気持ちいい）、どうしてっ、んはあっ、だめ（だけど気持ちいい）、それだめぇっ、か、感じ過ぎちゃう！」

俺は丁寧に腰を使いながら、思考の合間合間に快楽を滑り込ませていく。

「そんなに俺のモノが気に入ったのか？」

「そんなこと（あります）っ！　あなたのチンポなんて、気持ちよくない（はずがない）ですぅっ！」

半狂乱になりながらも、しっかりと俺にしがみついてくるジョルジア。

とはいえ、さすがに女神だけあって名器の持ち主。俺のほうもすぐに限界が近づいてきた。

「んっ、そろそろイクぞっ」

「ひあぁっ、な、なにこれ知らない（けど気持ちいい）、なんでこんなっ（けど気持ちいい）、くあぁっ！」

ピストンが加速していき、下半身にうわずった衝動がこみ上げる。

「き、気持ち（いい）、気持ちいい（気持ちいい）、気持ちいい（気持ちいい）っ‼」

「くっ」

そして子宮に精がぶちまかれた。

「ふあああああああああああっ‼」

長い長い痙攣のあと、ジョルジアはパタリと倒れ込んだ。

◇

「あんなに具合の良いペニスを持った殿方がいるなんて……」

思わず吐息が出てしまいます。あのあと、彼に与えられた部屋でひとり考えを巡らせました。まさかこのわたくしをイカせる人間が存在するとは、夢にも思っていませんでした。

「この世界の均衡を保つため、彼を排除することばかり考えていたのだけれど……」

(彼とのセックスは、思っていたよりも悪くない)

(なによりあのペニスは非常に忘れがたいモノです)

「気持ち、よかった……」

そう思うと、彼にこのまま消えてもらうのは、わたくしとしても少々もったいない気がしてきました。

「うん……もう少しこのまま傍にい(て、様子を見ながら彼を『搾って』あげ)るのもいいかもしれないですわね」

そうと決まれば。

「しばらく彼とは、どこへ行くにも行動を共にすることにしてみましょう」

わたくしは、なぜだかウキウキしながらそう考えたのでした。

◇

「ああぁっ、みんなが、みんながわたくしのおまんこを、ズボズボされているおまんこを見ていますぅっ！」

衆人環視の中、駅弁スタイルで犯されるわたくしを、市民たちが微笑んで見つめています。

今日は城下の視察と称して、王が商店を冷やかす日でした。

ちょうど市場のどまん中にさしかかったとき、彼がいきなりわたくしとセックスを始めたのです。

「ああ、なにこれぇっ、(気持ちよすぎて抵抗できなくて）いいっ、みんなの前で犯されてる（のは最高）っ！」

これも彼の様子を見るためにはしょうがないこと。

ついでに『搾れる』んだから一石二鳥ですわ。

「イッ、イクッ、くはあああああああああっ！」

「んんっ、や、だめ、そんなところに入れちゃ、ふああっ、うまく食べられ、ないっ、あはあっ！」

城での晩餐では、わたくしは王の横に立って下着を下ろし、極太の腸詰めをおまんこにネジ込まれながら食事をしました。

「あはぁ、も、もうやめて（はダメ！　もっと食べさせて）ぇ！　ああっ、くふうっ、ん、ん、んんっ！」

腸詰めは彼のモノではないはずなのに、彼が持って出し入れするだけで、なぜだかわたしはものすごく感じてしまって意識が下半身に集中してしまい、なにを食べたのかはまったく覚えていません。

「だめっ、イッちゃう、イッ！　きひいいいいいいいいいいいっ！」

「はぁっ、はぁっ、はぁっ、はぁっ、んっ、んっ、あっ、そこっ、んっ、んっ、あっ、あっ、あっ、ああっ！」

城内の大浴場では、湯浴みをしながら四つん這いで突かれまくりました。

肘と膝から先を湯の中に沈めながら、激しく水しぶきを上げて肌がぶつかり合います。

「いやっ、もうだめ、もう、奥っ、気持ちよすぎるっ、あっ、あっ、(子宮を突かれると幸せで)すぐっ、イッちゃう、、イッちゃいますっ！」

亀頭で子宮口を押されるたびに、えもいわれぬ幸せがこみ上げてきて、わたくしの思考は真っ白に塗りつぶされていきます。

「ぐっ、あぐっ、イクッ、イッ、あっ、ふあああああああああああっ!!」

「いったいこれはなんなの……？」

わたくしは夜、自室でひとり考えていました。

いくらなんでもおかしい。

彼とのセックスが気持ちよすぎる。

「こんなことは女神として生まれて初めてのこと」

彼のモノ、いやチンポを入れられるとわたくしは……ああ、想像しただけでまたアソコ、いやおまんこが熱く――。

「そんな⁉」

わたくしは自分の考えに愕然としました。

無意識に股間に伸びていた手を引っ込めます。

「おかしい。こんな気持ちになるなんて。わたくしがこんなに快楽におぼれるなんて……あるはずがないのに。どうして……」

自分の胸に自然にわいてくる甘くて純粋な感情に、わたくしはゾッとしました。これが恐怖という感情なのでしょうか。

甘い気持ちと同時に、それに対する恐怖を覚える。

わたくしは混乱して、わけが分からなくなってしまいました。

「幸せのはずなのになんだか怖い。どういうことなの。わたくしは女神の……はずなのに……」

彼に犯されるたびに、イカされる回数が増えていく。

彼とのセックスにどんどん抵抗できなくなっていく。

彼は人間のはずなのに。ただの人間のはずなのに。

「ただの……？　まさか!?」

これは彼の『力』のせい？

これこそが彼の特別な能力なの？

「だとしたら……」

事ここに至って、わたくしはようやく事態の深刻さに気づきました。

「これ以上彼のそばに居続けたら、女神のわたくしでさえも危ない」

一刻も早く逃げ出さねば。

しかし、わたくしがそう決断して立ち上がったとき、無情な声が響き渡りました。

「やっといまごろ気づいたのか。ずいぶんと間抜けな女神だな」

不敵に笑う彼が戸口に立っていました。

「くっ、たかだか人間程度に、この女神のわたくしが陥れられるなんて」

「ま、頑張ったほうだとは思うけどな。だが、時すでに遅しってやつだ」

「あなたの力はなんなの？　いくら特殊な能力だといっても、性技でこのわたくしに勝ることなんて人にできるはずがないわ」

「敵に種明かしするバカはいないさ。言っとくが俺の力は性技ではないぞ。だったら性の女神に勝てるはずがないだろう？」

「ちぃっ！」

わたくしはきびすを返すと、窓から飛び出そうとしました。しかし――。

ドン！

「きゃっ！」

大きな火球が窓に当たって爆ぜ、わたくしは思わずはじき返されてしまいました。

「ふふん、逃がさないわ」

火球は、王女シンツィアが放った魔法でした。

その手からは魔力があふれ出し、わたくしを狙って次弾を構えています。

「なぜあなたが……？」

「だって、あなたを逃がさなければ、彼からご褒美がもらえるのよ。今日こそはお尻の穴に入れてもらうんだから！」

それは本気の目でした。

武芸の達人の姫に速さでは勝てそうもない。かくなる上は――。

「転移魔法！」

とりあえず城外の地を心に念じ、自らの魔力を解放しました。

魔法は成功し、わたくしは部屋から姿を消した――はずだったのに。

「⁉」

わたくしが再び現れたのは、元の部屋の中でした。

「どうして⁉」

「私の結界を舐めてもらっては困る」

エルフのエルシリアが、そう誇らしげに宣言しました。

「外敵の侵入を防ぐため、この城には我がエルフ族直伝の遮断結界を張ってあるのだ。もちろん悪事を働いた者が逃走しないように内側にもな。攻撃魔法や転移魔法でこの結界を超えるのは不可能だぞ？」

「エルフのあなたまで、この男に完全に従属しているというの？」

「エルフが人間に従属などするわけがないだろう。私は視察と報告のためにここにいる。今日は卵を5個産むところを是が非でも見てもらうのだ」

嬉々として答えるエルフにわたくしは絶望するしかありませんでした。

「これで分かったろ？　おまえはもう俺の虜だ。あきらめろ」

しかし……しかしわたくしは――。

「わたくしは女神。なんとしてもここから逃げ出す(ことは絶対にない)わ!」

そう、わたくしは逃げたりしない。

◇

これで女神が逃げ出すことはないだろう。

シンツィアたちを人払いした後、目の前に崩れ落ちるジョルジアを見下ろしながら、俺は考えていた。

「ふむ。やはり快楽漬けにするのが一番手っ取り早いのかな」

ずいぶん思考を操れるようにはなったが、さすがに女神だけあって抵抗力が強く、いまだ完全に従属させるには至っていない。

だが、これまで植え付けてきた快楽のおかげで、セックスの最中だけは抵抗が弱る。

「少しずつ『愛と性をつかさどる女神』から『愛と性の全てを俺に捧げる女神』へと洗脳してやる」

口の中だけでそうつぶやき、俺はいやがるジョルジアをベッドに組み伏せた。

◇

「まずは軽くイッてもらおうか？」

「このわたくしが、そう簡単にイクはずがない（なんてことはありえない）でしょう。ふあぁっ、な、なぜ……んうぅぅっ⁉」

俺が指でジョルジアのアソコを擦ると、それだけで彼女は達してしまったようだ。

びくびくと身体を震わせながら、アソコからは愛液が滲み出し、下着に染みを作っていた。

「はは、ずいぶんとあっさりイッたな？　女神様」

「くっ、わたくしにこんな真似を（もっと）して（ください）、覚悟（はできています。早くチンポを入れ）なさい！」

きつい口調で言いながら、ジョルジアがベッドに手をついてお尻をこちらに向けてくる。

そして下着を脱ぐと、俺に股間を見せ付けるようにしてきた。

「お尻を振っておねだりまでしてきて。そんなに俺のチンポが欲しいのか？」

「はい、そうなんです。早く、わたくしのおまんこに……あなたのチンポ、入れてくださいっ‼」

この前見つけたジョルジアの弱点。それはセックスの最中、洗脳への抵抗が弱まるということ。

即ち、こうやって俺から責めまくれば彼女を洗脳することができるというわけだ。

「よしよし、そこまで言うなら仕方がないから入れてやる」

「え、ええ、早く、早く入れ……くっ、違う、何故、わたくしがこんなことを……」

「お、まだ抵抗するつもりか？　さすがは女神様といったところか。でも、これが欲しいんだろ？」

「あんっ、や、やめっ、擦り付けないで……ふぁっ、ん、んんっ……」

俺はガチガチに硬くなったペニスを取り出すと、先端でジョルジアのアソコを擦ってやる。

開きかけた膣口から覗く膣肉が愛しそうに亀頭に吸いついてきていた。

「ほらほら、入れてほしいんだろ？」

「い、いや、わたくしは、そんな、そんなもの（いますぐ）ほしく（てほしくてたまら）ないんですっ……お願い、入れてぇっ‼」

ここまで散々快楽を与えられ続けてきたジョルジアに抗う意思など残されていなかった。

女神としての神々しさなどどこかへ消えうせ、浅ましく人間のチンポを欲しがっている。

実に俺好みの女になったものだ。

「よし、素直に言えたご褒美に俺のチンポをくれてやるっ」

「あっ、あぁっ、チンポ入ってくるぅぅうっ！　んんっ、んあぁぁあぁああぁあっ‼」

一気に奥まで貫いてやると、ジョルジアが大きく背中を仰け反らせた。

膣内がきつく締めつけてきて愛液が溢れ出し、彼女がイッたのだということが分かる。

「なんだ、入れただけでイッたのか？」

「は、はいぃ、硬くて太いチンポ入れられてイッちゃいましたぁ……はひっ、ん、んんっ……」

「まったく、女神のくせにだらしないおまんこだな」

「ひうぅっ。人間チンポ入れられてすぐイッちゃうだらしないおまんこでごめんなさいっ」

俺は容赦なくジョルジアの中を往復していく。

亀頭で膣壁をごりごりと擦ると、膣内が痛いほどに締めつけてきた。

「なんだ、またイッているのか？」

「イ、イクの止まらないんですぅ……あんっ、あっあっ、あふっ、あ、あぁっ、ん、んひっ、ん、んくぅっ……」

「その様子だと、よっぽど俺のチンポが欲しかったみたいだな」

言いながらピストンの速度を上げていく。

そしてこれまでに見つけたジョルジアの弱い部分を徹底的に突いてやる。

「あっ、あぁ、チンポすごいっ、すごすぎるのっ。こんな気持ちいいの知らないっ。ひゃんっ、あっ、あうっ、あ、あひっ、あ、あうぅっ!!」

「ジョルジアのおまんこ、もうすっかり愛液でぐちょぐちょになっているぞ」

「だ、だって、チンポ良すぎるんですっ。このわたくしが、人間のモノでこんなに感じるなんてぇっ!!」

「女神だなんだといっても所詮お前はひとりの女に過ぎないんだよっ!」

「やあぁっ！　あっあ、あんっ、あ、あぁぁっ、あ、あんっ、ん、んうぅっ、ち、違う、私は女神なのぉっ!!　んんっ、んぁあっ」

「なにが違うっていうんだ。お前のここは嬉しそうに俺のモノを咥えこんでいるぞ！」

「ひあぁっ、あ、あんっ、あ、あくっ、ああっ、チンポすごいっ！　硬くて大きいの、ごりごりってわたくしの中、擦ってるぅっ!!」

「この前のお礼をしないといけないからな。まだまだこんなもんじゃないぞ」

「ふぁあっ、やっ、あんっ、す、すご……ひうぅっ、ん、んはぁっ、あ、あんっ、あ、あっ、んんーっ!!」

　俺はより深く腰を打ちつけていく。

　限界まで張り詰めたペニスがえぐるようにジョルジアの膣内を擦っていった。

　先端が行き止まりにぶつかるたびに膣壁が締まり、彼女が背中を仰け反らせる。

「んんっ、んくぅっ、は、激しい……ひゃんっ、あ、あぁっ、チンポ、奥まで届いて……

あくっ、あ、あんっ、ん、んはぁっ、ん、んんーっ‼」

「ほら、もっと気持ちよくなりたかったら自分でも腰を動かせ」

そういって俺はジョルジアのお尻をペチンと強めに叩く。

すると彼女の身体がびくっと震えた。

「痛っ！　お尻、叩かないでください。あんっ、あ、あふっ、あ、あぁっ……」

「嫌だったらちゃんと言うとおりにするんだ。ほらほらっ」

「あっあっ、だめっ、ん、んんっ、んくっ、んうぅっ、ん、んあぁあっ」

ペチンペチンと何度もジョルジアのお尻を叩く。

その度に、膣内がぎゅうぎゅうと俺のペニスを締めつけてきていた。

「あぁっ、あんっ、痛いっ、ん、んくっ、このわたくしが、人間にこんなことをされるなんて……ひぅっ、ん、んあぁっ……」

「口ではそう言っているが尻を叩く度に膣内が締めつけてきているぞ。実はこうされて感じているんじゃないか？」

「わたくしを……んんぅっ、誰だと思っているのですか、そんなはず……あふっ、あ、あくっ、あぁっ、あっあっ、あんっ、ひあぁっ‼」

「うるさいっ！　いまのお前はただのメス豚だっ！」

「ひゃううぅうぅぅぅぅうううううっ‼」

俺はより強くジョルジアの尻を叩く。

その瞬間、痛いほどに膣内がペニスを締めつけ、大量の愛液が溢れ出してきた。

ビクビクと背中を震わすその姿は誰がどう見てもイッたとしか思えない。

「おいおい、尻を叩かれながらチンポを入れられてイッたのか？」

「ち、違、違うんです……あぁっ、あ、あふっ、あ、あんっ……んんっ、ん、んくっ、ん、んんっ……はひっ、あ、あふっ……」

「まったく女神様がこんな変態だとは思わなかったな。そら、いい加減、腰を動かせ」

「分かりました……あんっ、だから、もうお尻叩かないでください……ひうぅっ……ああっ、あんっ」

「違うだろ？　本当はもっと叩いてほしいんだろ？」

「だ、だめ、もう、お尻叩かれてイキたくない……ひゃんっ、あ、あふっ、あ、あくっ、あ、あぁっ、あ、あうぅっ！」

ジョルジアが俺の動きに合わせて、腰を動かし始める。

それによりさらに与えられる快感が増すのが分かった。

彼女の膣内は愛液でとろけきり、どこまでも深く俺のモノを飲み込んでいく。

締めつけも凄まじく、天井のざらざらした感触といい、さすがは女神のおまんこだ。

つい夢中になってピストン運動も激しさを増してしまう。

「あぁ、ふあぁっ、チンポ出たり入ったりして……ひぁあっ、あんっ、あ、あうっ、こんなの良すぎて、ダメになるぅ……ひぁっ、ん、んんっ」

「もっと素直に感じていいんだ。お前の全ては俺のモノなんだからな」

「ち、違う（なんてことはありません）わたくしは、愛と性（をすべてあなたに捧げる）女神……だから、全部あなたのものです。ふあぁっ、あ、ああっ!!」

「よしよし、だいぶ素直になってきたな。ほら、ご褒美だ！」

「痛っ！　ああっ、だめぇっ、お尻叩かれると感じすぎちゃうのぉっ！　ひゃんっ、ん、んんっ、ん、んくぅっ、あ、あんっ！」

ジョルジアのほうも、どんどん腰の動きが激しさを増していく。

そうしてこれでもかと俺のモノを締めつけてきていた。

粘膜と粘膜が擦れあう音がいやらしくふたりきりの部屋の中に響いていた。

女神を完全に俺のモノにし、好き放題犯せることに、より強い興奮を覚えていく。

「ほら、俺のチンポがいいんだろ？　ほらほらっ」

「あひっ、ごりごりされるのいいっ。んんっ、んぁああ、気持ちいいところ全部擦れてるぅっ!!　ああっ、あんっ、あ、あくっ……！」

「お前のまんこは俺専用だ。これから俺がしたくなったら、いつでもどこでも入れさせるんだぞ、いいな？」

「は、はひぃ、わたくしのおまんこはあなた専用ですぅ……好きなときに好きなだけお使いください……ひゃんっ……んっんっ、んぁっ、ん、んひぃっ！」

ぎゅうぎゅうと俺のペニスを締めつけながら、ジョルジアはまたイッているようだった。

俺はひたすらに絡みついてくる膣肉を振り払うようにしながら彼女の中を往復していく。

亀頭で膣壁を擦る度に、俺自身、強い快感を覚えていた。

「あんっ、あぁっ、あ、あぁっ、チンポすごいですっ。そんなにされたら、わたくしのおまんこ、壊れてしまいますっ……ひゃうぅっ!!」

「心配するな、これぐらいで女神のおまんこが壊れるわけがないだろっ」

「ふあぁぁっ、奥ぅっ、ズンズンだめっ。ひぐっ、ん、んうぅ、んっんっ、んはぁっ!!」

俺は倒れ込むように体勢を変え、騎乗位のようなポジションにもっていく。

より深くねじ込まれた亀頭で、これでもかと行き止まりをノックしてやる。

ペニスを抜ける寸前まで引き抜いては一気に奥まで突き入れてやった。

すでに俺のモノは、カウパーとジョルジアの愛液が混ざり合ったものでべちょべちょになっている。

俺は凄まじい快楽を感じながら、貪るように彼女の中を往復していく。

「んっんっ、んぅっ、んあ、ん、んんっ、ま、またイッちゃう……ひゃんっ！　あっ、あくっ、あ、あ、あぁっ!!」

「どれだけ人間のチンポでイクつもりだ？　お前は」

「はぁはぁっ、あ、あひっ、だって、あなたのチンポ最高にいいんですっ。こ、こんなの初めてっ……ふあぁぁあっ」

「まったくどうしようもない淫乱女神だな!!」

「はひっ、あ、あんっ、あ、あぁっ、激しくされるのいいっ！　ああっ、んあぁぁあっ!!」

大きな声を上げながら、ジョルジアが再び達したようだった。

痛いほどに膣内がペニスを締めつけ、離そうとしない。

「言っているそばからまたイッたのか。本当にだらしないおまんこだ」

「はぁはぁ、は、はい、そうです。あなた専用のだらしないおまんこ、もっともっと犯してくださいぃ！」

そう言いながらおもきつくジョルジアの膣内がペニスを締めつけてくる。

俺は絶え間なく与えられる快感を前に、限界が近づいていることを感じていた。

ぎりぎりまでこの快感を味わうために奥歯をかみ締め、より強く腰を打ち付けていく。

「あぁっ！　チンポ、わたくしの中で暴れてるっ……はひっ、んんっ、んはぁっ、だ、だめ、すごいのきちゃうっ、ん、んあぁっ!!」

「いいぞ、イって。好きなだけイけっ!!」

「んーっ、んー、ああ、あんっ、あ、あぐっ、あぁっ、くるくるっ、すごいのくるっ、ふ

あああぁぁぁぁああっ!!」

「ぐっ……!!」

いままでにないほどジョルジアの膣内がきつく俺のモノを締めつけてきた。

まるでペニスを絞り上げるようなその動きに、一気に限界が訪れる。

俺はぴったりと腰を押し付けるようにすると彼女の一番奥で射精した。

「あぁっ、あんっ、熱いのびゅるるって、出てる……あひっ、すごい勢い……はぅっ、ん、ん、んぅっ！」

ドクドクと容赦なくジョルジアの中に精液を注ぎこんでいく。

それを受けて、彼女はもう一度絶頂を迎えているようだった。

最後の一滴まで逃すまいとするかのように絡みついてくる膣肉。

俺はその動きを感じながら、しばらくの間、気だるい満足感に浸るのだった。

◇

それからは、しばらく集中的にジョルジアを抱きまくった。

女神の洗脳を『完了』させるため、俺は何度も何度も強制的に連続絶頂をさせまくり、洗脳に洗脳を重ねていった。

やがて三日目の朝。

俺の前でひざまずいた彼女がうやうやしく言う。

「こんなにすばらしい快感を知ってしまったら、もうあなたに従うしかありません。どうぞわたくしを隷属させてください」

こうして女神ジョルジアは、俺に陥落したのだった。

◇

「酒池肉林！」

俺はマンガ肉にかぶりつきながら、肉汁と一緒に幸せを噛みしめていた。

酒はあまり得意じゃないから、飲み物はジュースだったけれどな。

そしてかたわらには、別の『肉』も控えている。

王女、エルフ、女神と、本来ならば手を触れることさえできないような相手を、すべて自分のものとした。

「いやしかし実際、これ以上の幸せはないいんじゃないかと思うよ、ホント」

なにせ豪遊と放蕩に明け暮れさえしなければ、これで人生安泰なのだ。

成績は良くなかったけれど、歴史を学んだおかげで、どうして国が滅ぶかくらいは分かっている。

いまでは、あの陰険な歴史教師にすら素直に感謝できる心地だ。

日本の教育万歳。

「日本……日本か……」


ふと故郷の光景が懐かしく目に浮かぶ。

生まれた街。汚い街。

育った家。貧乏アパート六畳一間。

通った学校。ヤンキーと金持ちによるイジメのコンボ。

勤めたアルバイト。ブラック労働のオンパレード。


「……全然懐かしくなかった」

俺はもう一度、確認のために女神に尋ねる。

「いろいろ検討はしてみたのですけれど……残念ながらあなたが元の世界に戻ることは不可能です」

やっぱりそうか。

「申し訳ありません……」

俺の沈黙を落胆と受け取ったのか、女神が申し訳なさそうに頭を垂れる。

しかし、俺にはそれほどのショックはなかった。

「いや、いいんだ。気にするな。あんなクソ故郷なんぞ惜しくもなんともないし」

「王よ……」

「だって帰れないんだろ？　だったら、この世界で楽しく生きていくしかないよな」

今の生活が、ほんとうに幸福だからなのだろう。

自分でも意外なほどに、俺の心は晴れやかだった。

# 第四章　世界を俺色に染めて

「陛下、今朝捕らえました間諜《スパイ》は二名となっています。今回はどうやら北方パパラディアの者のようですが、いかがいたしましょう？」

涼しげな目元が気に入っている美人事務官の報告を聞きながら、俺はうんざりしていた。

「またか……。今月に入って何人目だよ、まったく」

「パパラディア皇国が四名、帝政シルドアが五名、ロロド公国が一名、レガール共和国が十名。併せて二十名になります」

「もうそんなになるのか。ああもう、めんどくさいなぁ」

ジョルジアを堕としてから二ヶ月が過ぎようとした頃、この世の春を謳歌できると喜んでいた俺は、ところがどっこい、連日命の危険にさらされていた。

「頼もしい美女たちのおかげで、身の安全に関してはまったく心配はないんだが……さすがにこう毎日ではな」

ルナティリアを完全掌握し、シルヴァンとの講和を結び、これで生涯安泰だと思ったのもつかの間、早くも次の悩みの種が吹き出した。

聞くところによると、ものすごい早さで発展しだしたルナティリアのことを、隣国や周辺国がいぶかしんでいるらしい。

そしてどうやらその秘密が、いきなり現れて王となった正体不明の人物、つまり俺にあるということを突き止めたようだ。

かくしてルナティリアの発展を自国への脅威だと勝手に判断した連中は、先手必勝とばかりに刺客を送り込んでくるようになったのだ。

それは物理的、呪術的、魔法的手段で、正面突破からからめ手、色仕掛けまで謀略のオンパレードだった。

今朝だって、街でリンゴを売っていた美人姉妹の、大きな胸のリンゴをわしづかみにしたとたん、谷間から飛び出してきた仕込みナイフに眉間を貫かれそうになったのだ。

「早くなんとかしないと俺様のハッピーラブラブパフパフライフが……」

「……は？」

「いや……なんでもない。とりあえず間諜どもは牢に放り込んどけ。ああ、くれぐれも殺すんじゃないぞ？　大事な交渉材料だからな」

「は、心得ております」

事務官を下がらせると、俺は考えを巡らせた。

牢人たちが交渉材料というのはウソだ。

彼らは間諜だから、たとえなにがあっても口は割らないだろうし、送り込んできた相手国も絶対にシラを切りとおすだろう。

当然、交渉どころか、話し合いにすらならないはずだ。

「通常ならば、な」

そう、俺には洗脳チートがある。

間諜に雇い主を白状させるのは、赤子の手をひねるより簡単なこと。

事務官には能力のことを説明するわけにもいかないので『交渉材料』とは言ったが、本当は情報源として使えるから生かしてあるのだ。

「これはなかなか面倒な仕事だが……こうなったら彼らを洗脳して各国を案内させ、ひとつひとつ支配していくしかないな」

このままでは、のんびりとハーレム生活を送れない。

俺は急いでシンツィアを呼び出した。

◇

「これはこれはルナティリア王。地の果てより御みずから我が皇国にお越しいただけようとは。このパパラディア皇帝クシャーナ、まさに欣快《きんかい》の至り。この上は、貴国では味わえぬ美酒美食で歓迎いたしましょうぞ」

尊大な態度を隠そうともせず、なみなみと酒をついだグラスを片手に若干失礼な挨拶を繰り出したのは、でっぷりと肥え太ったオバサン皇帝だった。

「……若い頃はキレイだったんだろうなぁ」

思わずかたわらのシンツィアに耳打ちする。

「なにかおっしゃったか？」

「いえ、こちらの話です」

この手のオバサンが地獄耳だというのは、宇宙の法則かなにかなんだろうか。

「しかしこれはまた豪華な接遇ですな。歓迎、痛み入ります」

テーブルに並ぶ絢爛たる料理に目を見張る。

巨大なエビの濃厚スープ、カニっぽい身をふんだんに使ったタルタル風味の揚げ物、キャビアっぽい珍味がてんこ盛りのカクテルサラダ、鳥の丸焼き、新鮮野菜のチーズフォンデュみたいな食べ方、なにか大型動物っぽい肉の香草焼き、などなど。

さすが北海の国パパラディアといったところか。

シンツィアの説明によると、海産物を始め、酪農による乳製品、牧畜や狩猟による食肉など、美食には事欠かないと言われる国なんだそうだ。

「今宵の料理は、すべて我が皇国にて生産されたもの。恵みに乏しい他国では滅多に口にできぬものばかりじゃ。朕《ちん》は毎日のように食しておるがの、ぐはは」

「……だからブクブク太るんだろうな」

「またなにかおっしゃったか？」

「いえ、こちらの話です」


外遊を初めて二ヶ月。

俺、ルナティリア王の訪問はようやく三カ国目に入っていた。

新王族として王女とともに表敬訪問の形を取って、周辺国をひとつひとつ巡る。

シンツィアに、王女の人脈を生かして様々な権力者たちにアポを取ってもらったのだ。

もちろん人脈だけに限らず、交渉事やつなぎ役、美貌による人心掌握など、彼女の働きは本当に役に立った。

実際、俺が来るまでは有能な王女だったことは事実なわけだしな。

「帰ったらご褒美でもやろうかな」

「ご褒美！　ありがとうございます！」

「わっ！　いつのまに部屋に入ってきたんだ、おまえ！」

「私はいつでもあなたのそばに控えておりますので」

「まったく油断も隙もないな。俺はこれから風呂に入るんだから出ていけ」

「つれないお言葉ですわ。ご入浴でしたら、このシンツィアがお背中流して差し上げますのに」

「今日はいい。少し考えたいことがあるんだ」

「あら残念……そうですか。かしこまりましたわ。どうぞごゆっくり。ご褒美、楽しみにしていますわね」

渋々といった感じで下がっていくシンツィアを見送ると、俺は大浴場に向かった。


「はぁ〜生き返るな〜。この国に湯につかるという文化があって良かった」

風呂に入る幸せをしみじみとかみしめる。

「やっぱり日本人は風呂だよなー。これまでの疲れが溶けていくようだ」

俺はこれまでの苦難の行程を思いやった。

実際、出会った貴族や王族をじわじわと洗脳チートで支配していくのは、なかなか骨の折れる作業だった。

洗脳チートがあるとはいえ、最初のうちは怒り出したり暴れたりする者も多い。

慎重に精神を誘導するには神経も使う。

毎日が疲労の連続だ。

それでも『自分が安全に生きていく』ためにはしかたない。

これは必要なことなのだ。

「まだあと二カ国も残ってるのか。いやあ、しんどいわー」

俺はため息を我慢しながら（幸せが逃げちゃうからね）、今後の予定に思いをはせた。

「ぐうたらするために一生懸命働く……か。なんだかな」

早期リタイアを目指すベンチャー企業のビジネスマンみたいになってきた。

「ま、それでもシンツィアを連れていろんな国を旅するのは、それなりに楽しかったのでよしとしよう」

それにさっきの歓待の宴の最中、捕らえてあったその国の間諜を目の前に引き出したときのあのオバサンの表情といったら！

「あれは見物だったなぁ。真っ赤になってまるでブタそのもの、ププ」

こんど本当にブーブー鳴かせてやろうかな。

「さて、これでパパラディアの皇帝と貴族も洗脳できたし、次は……メルガル教国か、ふむ」

次の訪問国メルガルは、ここからはるか南に位置している。

「急いでも一週間の長旅か。長いな。だが、しかし！」

メルガルは厳しい戒律を持つ宗教の国だが、周辺を温暖な海に囲まれたリゾート国家で、美人が非常に多いと聞く。

これまでも、各国にいた美姫や美女を幾人か『お持ち帰り』してきたが、特にここパパラディアでは収穫がなかった。

「皇帝も貴族も、みんな肥えたオバサンばっかりなんだもんなー」

だけど次の国は期待大だ。

ようし、俄然やる気がわいてきたぞ。

◇

「やっと帰ってきたぁ！」

三ヶ月に及ぶ諸国漫遊、いや諸国洗脳の旅を終え、俺はマイベッドにダイブした。

「おお、懐かしの我が家よ。やはり布団と枕は羽毛に限る」

寝具の感触を思う存分楽しむ。

他国で歓待されたときのベッドもなかなか豪華なものだったが、メイドに言ってカスタマイズさせた俺専用ベッドに勝るものはない。

特に枕は、快適な睡眠にとって最重要問題だ。

「メルガルとか石の枕だったしな。アレは痛くて眠るどころじゃなかった」

各地にはいろんな風習があるものである。

「羽毛もいいけれど、美女の柔肌ってのもいかがかしら？」

振り向くとシンツィアが立っていた。まったくいつでも遠慮なく入ってくるな、この王女は。

「自分で言うかな。いやまあ美人だけどさ」

「うふふふ。長旅お疲れ様でした」

「ああ、ありがとう。お前がいなければ、この旅は成功しなかった。本当に感謝してるよ」

「感謝なんて必要ありません。私は王女のつとめを果たしただけですから。そんなことよりも――」

シンツィアが肩をあらわにしながら近づいてくる。

「ああ、分かってるさ。ご褒美だろ？」

俺は彼女の腕を引っ張ってベッドに引き込んだ。

◇

「ねぇ、早く……私、待ちきれないの……」

「こらこら、そんなに急かすなよ」

俺の身体によりかかるようにして、シンツィアがおねだりしてくる。

その瞳は熱く潤んでいた。

「だって他の国と交渉していたときも、ずっとあなたからのご褒美を楽しみにしていたんだもの」

「まったく、王女様だっていうのに、すっかりいやらしくなってしまったな」

「もう、誰のせいだと思っているの？」

咎めるような口調で言いながら、シンツィアが俺の股間をさすってくる。

その手のひらは熱を帯び、彼女が興奮しているのが伝わってきた。

「お願い、これが欲しいの……アソコが、疼いてしかたないの……」

「分かった。たっぷり気持ちよくしてあげるよ。でも、その前に……ちゅっ……」

「あ、んちゅっ、ん、ちゅちゅっ……ふあっ……れるっ……ちゅぴちゅぴ……」

俺はシンツィアと唇を重ねる。

舌を差し込むと、即座に自分の舌を絡めてきた。

ぬるぬると互いの粘膜がこすれあう度に、頭の奥が甘く痺れるような快感が襲ってくる。

「あんっ、こんなことされたら、もっとアソコが疼いてきちゃう……んちゅっ、ちゅぱちゆぱ……」

「せっかくのご褒美なんだ。じっくり楽しんだほうがいいだろう？」

そう言いながら俺はシンツィアの胸に手を伸ばすと、やわやわと揉んでいく。

柔らかで張りのある弾力が手のひらを押し返す感触が心地いい。

「あっ、あんっ、おっぱいもまれるの気持ちいい……ふぁっ、あ、ん、んん、もっとして……」

シンツィアのリクエストに応えて、俺はその大きな胸を揉みしだいていく。

俺の手の動きにあわせて彼女は敏感に反応を返した。

「んんっ、んぅっ、あ、あふっ……やんっ、ん、んんっ、あぁっ、先っぽこりこりしないで……んぁあっ」

「ちょっと触っただけなのに、もう硬くなってるぞ？」

「だって、あなたの手で触られるの気持ちいいんだもの……んぅっ、ん、んんっ、あんっ」

服の上からでも分かるぐらい、シンツィアの乳首が大きくなっていた。

人差し指で強めに引っかくようにして刺激を与えてやる。

それから指で摘むと、ぎゅうっと引っ張ってやった。

「ふあぁあっ！　そんな、引っ張ったら、声出ちゃう！　きゃうっ、あんっ、あ、あくっ……！」

「なに言ってるんだ、声ならさっきからずっとエッチなのが出てるぞ」

「やんっ、言わないで、恥ずかしい……ひゃうっ……んんっ、ん、んうぅっ……!!」

初めて会ったときのいかにも偉そうに人を見下していた彼女の姿は、もうそこにはなかった。

いまは俺から与えられる快楽を求めて、従順で素直になっている。

「あんっ、あ、ああっ、ん、んくっ、身体、どんどん熱くなって……はふっ、さっきよりアソコが疼いてるの……んんっ……」

切なそうな声を上げたかと思うと、シンツィアが俺の手を取る。

そして自分の股間へと触れさせた。

「ここ、ここ弄ってほしいの……んんっ、んく、んあっ、あ、あんっ」

「やれやれ、しかたがないやつだな」

「ふああああっ！　指、動いてる……ひゃんっ！　あふっ、あっあ、あんっ、あぁっ！」

俺は指先でシンツィアの股間に触れると、そのまま強めに擦ってやる。

すでに彼女のそこは愛液で濡れ始めていた。

指を動かせば動かすほど潤っていくのが分かる。

「ふあっ、あんっ、あ、あふっ、指、気持ちいいの……んんっ、んはぁっ、ひゃうぅっ……ああっ、あ、あくっ……！」

割れ目を強めに擦ってやると、シンツィアの身体がびくびくっと震えた。

太ももでぎゅっと俺の腕を挟みこんでくる。

「おいおい、足の力を抜いてくれよ。これじゃ手が上手く動かせない」

「も、もう、指はいいから……お願い、あなたのおチンポ、私のおまんこにちょうだい……ふあぁっ」

いよいよ耐えかねたように、シンツィアが訴えてくる。

アソコもぐちょぐちょになっているし、いい頃合だろう。

「分かった。なら、お尻をこっちに向けて」

「えっ、お尻を……？」

「ああ、早く。俺のチンポが欲しいんだろ？」

「分かったわ。んっ、これでいいの？」

俺に言われるまま、ベッドに手をついたシンツィアが形の良いお尻をこちらに向けてきた。

まずはその感触を楽しむように、撫で回す。

「ふぁっ、あ、やんっ、くすぐったい……んくっ、ん、んうっ……」

ぞくぞくっと、シンツィアの身体が震えた。

俺はその様子を目に、スカートをまくりあげた。

その下から、王女様らしい高級そうなショーツが顔を出す。

俺はそのショーツを脱がすと、ズボンから取り出したペニスの先端をアソコにあてがう。

「あっ、おチンポあたってる……ん、んんっ……」

物欲しそうに膣口がペニスの先端に吸いついてくる。

俺は愛液を擦り付けるように、何度か割れ目に沿って動かした。

「ああっ、あんっ、あ、あふっ、ねえ、お願い、早く、入れて……んあぁっ……」

「慌てるなって、いま、入れてやるよ」

シンツィアの腰を掴むと、俺はペニスを突きいれていく。

狭くきつい膣内を押し分けるようにして俺のモノが飲み込まれていった。

「あんっ、あ、あくっ、ふ、太くて硬いの入ってくるぅ……ふぁっ、んんっ、んうぅっ……」

シンツィアの甘い声を耳にしながら、やがて先端が行き止まりにぶつかる。

「ふぅっ、全部入ったぞ」

「お、おチンポ、私の中でドクドクって脈打って……んうぅっ!!」

ひときわ大きな声を上げて、シンツィアは背中を仰け反らせる。

同時に膣内が痛いほど俺のモノを締めつけてきていた。

「はぁっ、はぁっ……あ、あんっ……」

「おいおい、もしかして入れただけでイッたのか？」

「え、ええ、だってこれ、ずっと欲しかったんだもの……ね、動いて？　私のおまんこ、ズボズボしてぇ……！」

甘い声を上げながら、シンツィアが激しく腰を動かし始める。

まるで俺のペニスを貪るかのような動きだ。

ズチュズチュと愛液を飛び散らしながら嬉しそうに、シンツィアのおまんこが俺のモノを飲み込んでいく。

そのたびにぬるつく膣内でペニスを擦られ、凄まじい快感が襲ってきていた。

「あんっ、あっあっ、あぁっ、いいっ、おチンポいいのっ。ひゃんっ、あ、あふっ、あ、あくっ、ん、んうっ、ん、んはぁっ‼」

「いきなり激しすぎるぞ」

「こ、腰、勝手に動いちゃうの……ひゃんっ、んっんっ、んくうっ、ん、んあっ、あ、あひぅっ！」

「まったく、本当にしかたのない王女様だなっ！」

俺はシンツィアの腰をしっかりと掴むと、思いきり強くペニスを突きいれる。

「ふあぁあぁあっ！　おチンポ、奥まできたぁっ！　ひゃんっ、あ、あぐっ、す、すごい、んんっ、んぁっ、私のおまんこ、えぐられてるうっ‼」

「こうされるのがいいんだろう？　そらそらっ」

「そ、そう、激しいのいいのっ。んんっ、んあっ、あ、あっあっ、あんっ、あ、あああぁあっ‼」

「シンツィアのここ、痛いほどに締めつけてきてるぞ」

「だ、だって、あなたのおチンポ気持ちよすぎるからぁ！　はひっ、ん、んうぅっ、ん、んくっ、あ、ああっ、あんっ、あうぅっ‼」

彼女の嬌声を耳に、激しくピストンを繰り返す。

亀頭でぬるつく膣内を擦る度に、ぞわぞわとした快感が襲ってきた。

乱れまくるシンツィアを前に、俺自身、酷く興奮していた。

ガチガチに硬くなったペニスで容赦なく犯していく。

「ふあぁっ、おチンポ、まだ大きくなってるぅ！　んあぁっ、私のおまんこ、ごりごり擦ってるっ！　やんっ、んんっ、んくっ、ん、んあぁっ、ん、んんーっ‼」

ペニスを出し入れする度に、シンツィアが敏感に反応していた。

俺はぬるつく膣内をかき混ぜるように腰を動かしていく。

「あっあっ、あんっ、あくっ、あ、あひっ、す、すごい、おチンポすごいのっ、ひゃんっ、あ、あんっ、あ、あう、あ、あぁっ！」

「シンツィアのおまんこ、俺のチンポを凄い勢いで締めつけてきてるぞ」

「ん、んんっ、だって、このおチンポ大好きだからぁっ、私のおまんこが離したくないって言ってるの……ひゃうぅっ！」

「だったら、もっともっと気持ちよくしてやらないとな‼」

「ふあぁぁっ！　は、激し……す、すごい、そんなにされたら、私のおまんこ、壊れちゃうっ！　ひあぁっ、あ、あくっ、あ、あふっ、ん、んんっ！」

「大丈夫、これぐらいで壊れるような、やわなおまんこじゃないよ。それよりもっと激しくしてほしいって、締めつけてきているぐらいだ」

「あひっ、あ、あぁっ、あんっ、奥、ごつごつ当たってるぅっ！　ひゃんっ、んっん、んくっ、ん、んうぅっ、あ、あひっ、ふあぁぁあっ‼」

「そらそらっ、どうだ、俺のチンポの味はっ！」

「んっんっ、んぁっ、あ、あふっ、あんっ、あ、あうっ、ん、んんっ、んはあっ、ん、おチンポ、ズボズボされるのいいのっ。ひあぁっ、あ、あんっ」

容赦なくシンツィアのおまんこを犯していく。

彼女の膣内は、まるで歓迎するかのように更にきつく締めつけてきた。

その腰の動きも最初の頃よりもずっと激しさを増している。

「んーっ、んくっ、ん、んあぁっ、あ、あぁっ、あ、あふっ、あぁぁっ」

奥を突く度に、びくびくっとシンツィアの身体が震える。

膣内は何度も収縮を繰り返し、どうやら軽くイっているようだ。

「はぁはぁ、あっ、あんっ、あ、あぁっ、ん、んんっ、ん、んんっ、イクの止まらないっ！」

「いいぞ、どんどんイけっ！」

「あぁっ、あんっ、あ、あうっ、あ、あふっ、あうっ、あくっ、あ、あ、あぁーっ！　ん、んうっ、んんっ、んはぁっ!!」

パンパンと乾いた音を立てながら激しく腰を打ち付けていく。

シンツィアの膣内はまるで別の生き物のようにうねりながら、俺のモノに絡みついてきていた。

熱くぬるつく膣内でペニスをしごかれるたび、快感が高まり自分にも限界が近づいてくるのが分かる。

「んんっ、んはあっ、ん、んんっ、ん、んうぅっ、だ、だめっ、すごいのきちゃうっ！　もっと、このおチンポ味わっていたいのにっ！　ふあぁっ」

「シ、シンツィア、俺もそろそろイクぞ……！」

「やん……おチンポ、私のおまんこの中で暴れてるぅっ……先っぽ膨らんで、赤ちゃんの元、注ぎ込もうとしてるぅっ!!」

「ああ、たっぷり注ぎ込んでやるからなっ!!」

俺はラストスパートとばかりにいままで以上に激しくピストンを繰り返す。

そうして何度も何度も、容赦なく子宮口を先端で突いてやった。

柔肉の締めつけを受けながらも、亀頭の先端で女を責め、追い詰める感覚がたまらない。

「あくぅっ、も、もう、ダメっ、くるっ、きちゃうっ！　んんっ、んはっ、ん、んくっ、すごいのきちゃうううぅうぅぅっ!!」

「ぐっ……!!」

ぎゅうぅっと強烈なまでに、シンツィアの膣内が俺のペニスを締めつけてきた。

そのあまりの刺激に俺はたまらずに達してしまっていた。

「あぁぁあっ、あ、あんっ、あ、あぁっ、おチンポ、ビクビクって跳ねながら、射精してるぅっ……ひゃんっ、ん、んんっ、んあぁっ」

凄まじい勢いでシンツィアの膣内に精液を注ぎこんでいく。

まるで最後の一滴まで逃すまいとするかのように、膣肉がまとわりついてきていた。

俺はぐっと腰を打ちつけながら、彼女の中に欲望を残らず吐き出す。

やがて射精を終えると、ゆっくりとペニスを引き抜いた。

「ふぁっ、あ、あんっ……んんっ……」

荒く息を吐き出すシンツィア。そんな彼女のアソコからは、白く濁った精液がドロリと零れ落ちてきていた。

「ご主人様とのセックス、最高ですぅ……」

起きているのか寝言なのかよく分からない感じで、シンツィアが弱々しくつぶやいた。

いまのプレイで相当消耗したのだろう。ぐったりとベッドに横たわっている。

洗脳が進んでいるシンツィアは、俺に触れられるだけで快感によがりまくり、セックスでもイキまくるようになっていた。

そんなシンツィアをほほえましく眺めていると、ふと視線を感じる。

「……おまえか」

そこには、物欲しそうに俺の股間を見つめるエルシリアが立っていた。

「そんなに俺のチンポが欲しかったのか。確かにご無沙汰だったしな。だがちょっと待ってくれ。さすがに連続じゃあ、こちらの身体が持たん」

「いえ、ここにやってきたのは、決してあなたのモノが欲しかったわけではなく……いや欲しいことは欲しいのだが……いやいや、そんなことよりも！」

そう言ってエルシリアの口から告げられた報告は、かなり深刻な話だった。

◇　　　◇

「確かに長老にはエルシリアほど頻繁に、何度も洗脳チートをかけてはいなかったからなぁ」

反省しながらつぶやいてみる。

いま俺は、エルフの国シルヴァンにあるエルシリアの家に滞在している。

なぜかというと、エルフの長老が俺の洗脳から目覚めた、と彼女から連絡を受けたからだ。

エルフが再びルナティリアと敵対するかもしれない状況になっては大変にマズい。

だからこうしてエルシリアを連れ、再びシルヴァンまでやってきたワケなのだが……。

「門前払いとは参ったな」

長老はけんもほろろな対応で、俺は面会することを許されなかった。

相当警戒されているらしい。

「しかし、あの長老をどうにかしないと、なんともならんし……」

洗脳から覚めた長老は俺に会おうとしない。

洗脳は会って話しながらでないとかけることができないので、これはやっかいな事態だった。

「とりあえずしばらくはエルシリアの家に滞在して、今後の対応について考えるか」

「聞き分けのない長老ですまぬな」

「エルシリアか」

ひとりで考えているところにエルシリアが入ってきた。

「エルフはプライドが高くてな。長く生きていれば、なおさら意固地になる。長老は本当に大切なことがなんなのか分かっていないのだ」

と言いつつ、当たり前のように俺の横に腰掛けるエルシリア。

「あなたに従っていれば、不正はなくなり世界は平和に、その上、こんなに気持ちいいこともしてもらえるというのに」

エルシリアは、全体重をかけて俺にしなだれかかってくるのだった。

◇

「まったく、物欲しそうな顔をして……それでも誇り高きエルフの一族なのか？」

「ああっ、言わないでくれ。あなたにご奉仕するのは、エルフのためにも大事なことだから……」

俺の前に跪いた状態のエルシリアが、ズボンからペニスを取り出す。

そのまま顔を近づけるとうっとりとした様子で匂いを嗅いでいた。

「すううぅ～、んんっ、このいやらしい匂い……嗅いでいるだけで、身体が熱くなってしまう……んんっ……」

「よっぽど俺のチンポが欲しいみたいだな?」

「欲しい、この太くて逞しいおチンポ、欲しい……れるっ、ん、んちゅっ……れるるっ……」

舌を伸ばしたかと思うと、エルシリアがペニスを舐め始める。

ぬるりとした感触に、俺のモノがビクビクっと反応した。

「はふっ、ん、んちゅっ、おチンポ、れるっ……ちゅぱちゅぱ……ちゅっ、んちゅっ……ちゅくちゅく……ちゅぱちゅぱ……」

「やれやれ、すっかり俺のチンポに夢中だな」

「ぴちゅぴちゅ……ちゅちゅっ、んちゅっ、ちゅるる……おチンポおいしい……んむっ、ぴちゅぴちゅ」

いやらしい音を立てながら、エルシリアが俺のモノを美味しそうに舐めていく。

そうやってペニスを舐めながら自分の手でアソコを弄り始めた。

「んあぁっ、あ、あんっ、ちゅぷぷ、おチンポ舐めながら、おまんこ弄るのいい……感じてしまう……はひっ、ん、んくっ、ん、んあぁっ……」

最初に会ったときはあんなに俺のことを敵視していたのに、いまではこんなにも従順になっている。

嬉しそうに俺のモノを頬張ると、夢中になって自分のアソコを弄っていた。

どうやら濡れ始めてきたらしく、くちゅくちゅといやらしい水音が聞こえてきた。

「はぷっ、ん、んちゅっ、どうだ？　気持ちいいか？　んっ、ちゅぱちゅぱ、ちゅうぅっ」

「ああ、すごくいいよ。お前もすっかりチンポを舐めるのが上手くなったな」

「これもあなたのおかげだ……れるるっ……んちゅっ、ちゅぱちゅぱ……おチンポへの奉仕の仕方を教えてくれたから……ちゅくちゅく……」

カリ首にねろりと舌をまとわりつかせてくる。

休みなく与えられる快感を前に、先端からはカウパーが溢れ出してきていた。

「ちゅうぅっ、ちゅぷぷ、ちゅるるっ……くちゅくちゅ……んちゅっ、ぴちゅぴちゅ……はぷっ、おチンポ、びくびくって暴れてる……んちゅちゅっ……」

どんどんエルシリアの責めが激しさを増していく。

それにあわせてアソコから聞こえる水音も大きくなっていた。

「ちゅっちゅっ、ちゅぷぷ……んちゅっ、ちゅうぅっ……れるっ……精液飲みたい……精液……んむっ、ちゅぴちゅぴ……」

先端を咥えたかと思うと、そのまま強く吸ってくる。

あまりの快感に腰がビクンっと跳ねてしまった。

「んんっ、んぶっ、おチンポすっごく暴れてる……んちゅっ、射精しそうなのか？　んんっ、精液欲しい……ちゅぱちゅぱ……」

「待て、落ち着け」

必死になって俺のペニスをしゃぶるエルシリアに待ったをかける。

すると彼女は不思議そうにこちらを見上げてきた。

「ぷぁっ、どうした？　私、なにかダメだったか？」

「いや、そうじゃなくて、せっかくなんだから、エルシリアのおまんこにたっぷりと注いであげるよ」

「あっ……本当に？　私のおまんこに出してくれるのか？」

「ああ、そっちの準備もいいみたいだしな」

「そうとも、私のおまんこならいつでも大丈夫だ！」

エルシリアは立ち上がると自分のスカートを捲り上げた。

そして下着を脱ぐと、愛液で濡れたアソコを見せてくる。

膣口がパクパクと開きながら物欲しそうにしている姿がいやらしい。

「よし、それじゃこっちにきて」

俺はベッドの上に腰掛けると、自分の膝を叩いて上に乗るように促す。

エルシリアはおずおずとした様子で、それに従った。

「こ、こうでいいのか？」

「上出来だ。それじゃ入れるぞ」

俺は膣口にペニスの先端をあてがうと、返事を待たずに一気に突き入れた。

ぬるつく膣内があっさりと俺のモノを受け入れる。

「ふあああああああああああっ、おチンポ入ってきたぁっ‼　あんっ、あ、あぁあっ‼」

ペニスを挿入した途端、エルシリアの膣内が強烈なまでに締めつけてきた。

ビクビクっと、身体を震わせる様子からイッたのだと分かる。

「もうイったのか。本番はまだまだこれからだぞ」

「だ、だめだ、いま、動かしちゃ……イッたばかりで敏感になってるから！　あくっ、あ、あぁっ、あんっ、あ、あふっ‼」

エルシリアの言葉に構わず、俺は容赦なくピストンを続ける。

ズンズンと奥を突くたび、愛液が溢れ出してきた。

限界まで張り詰めたペニスで膣壁を思いきり擦り上げてやる。

「ふあぁあっ、おチンポすごいっ‼　ひゃんっ！　あ、あぁっ、あんっ、あ、あうっ、ん、んんっ、んはぁっ！」

「エルシリアの中も、すごい締めつけだぞ。そんなに俺のチンポがいいのか？」

「あ、ああ、このおチンポ、最高だ！　あんっ、あ、ああっ、ん、んはぁっ、ん、んうぅ

「まったく、誇り高いエルフが人間のチンポでそんなに喘いで、恥ずかしくないのか？」

「だって、このおチンポが気持ちよすぎるんだっ！　んあぁっ、こんなの我慢するなんて無理でっ！　ひうぅっ、ん、んん、あ、あふっ！」

「しかたがないやつだな。それなら俺のチンポでたっぷり可愛がってやる」

「あんっ、嬉しいっ！　んうぅっ、ん、んあぁっ、あ、ああっ、あっあ、あんっ、硬くて大きいの出たり入ったりしてるっ!!」

いやらしく音を立てながら、何度もエルシリアの中を往復していく。

彼女の膣内はすっかりとほぐれきり、俺のモノに馴染んでいた。

「あんっ、あっあっ、あぁっ、奥まで届いて……ひうぅっ、そんなにされたら、またイってしまう……ひあぁっ、あ、あぁんっ！」

また膣内が痛いほどに俺のペニスを締めつけてくる。

アソコからはとめどなく愛液が溢れ出してきていた。

エルフだなんだといったところで所詮は女。

快楽の前に抗うことはできないのだ。

「最初の頃と変わって、お前のおまんこ、すっかりと俺のモノに馴染んだな」

「私のおまんこ、あなたのチンポの形に変えられちゃったからっ！　もう、あなた専用のおまんこなのぉっ‼　ふあぁぁっ、あ、あうぅっ！」

嬌声を上げながら、エルシリアが俺のモノを受け入れている。

奥を突くたびに、アソコから大量の愛液が溢れ出していた。

「ほら、ここがいいんだろう？」

「ひうぅっ！　奥、ゴッゴツ当たってるっ！　ひゃんっ、ん、んあぁっ、あっあ、あんっ、あ、あふっ、あ、あぁーっ‼」

エルシリアの膣内が小さく痙攣しているのが分かる。

どうやら軽くイキつづけているようだ。

「はぁっ、あ、あひっ、すごい、イクの止まらない……ひゃんっ、ん、んんっ、んあぁっ、あ、ああっ、あうっ」

「完全に俺のチンポの虜になっているな。そらそらっ！」

「あっあっ、あんっ、あぁっ、あ、あくっ、す、すごい、こんなのダメになるぅ！　んんっ、んはっ、ん、んんっ」

俺は下から容赦なくズンズンと突き上げていく。

ぬるつく膣肉がきゅうきゅうと吸いついてきては離そうとはしない。

「あひっ、あ、ああっ、あ、あんっ、あぁあっ！」

「またイッたのか？　本当にだらしないおまんこだな。ちょっと我慢したらどうだ？」

「む、無理ぃ。おチンポ気持ちよすぎて無理！　ひゃうっ、んんっ、んくっ、ん、んんっ、んあぁっ、あ、あんっ、ああっ」

そう答えながら、またエルシリアはイッたようだった。

度重なる絶頂に膣内は燃えるように熱くなり、とろけきっていた。

そんな中をペニスで往復するたび、凄まじい快感が襲ってくる。

「あっあっ、おチンポいいっ、いいっ、もっと、もっとしてっ！　はひっ、あんっ、あ、あふっ、あ、あくっ、んんっ」

いつしか俺も夢中になって腰を動かしていた。

ガチガチに硬くなったペニスで奥を突くたび、エルシリアが甘い声を上げる。

同時に膣内がわななくように動き、俺のモノに絡みついてきていた。

「んっんっ、んくっ、んうっ、ん、んあぁっ、あ、あふっ、あ、あんっ、あ、ああっ、おチンポすごいっ、こんなの、耐えられないっ。ひぐうぅっ!!」

ビクビクっと太ももを揺らしながら、エルシリアが何度目か分からない絶頂を迎える。

噴出した愛液がベッドのシーツを汚していた。

絡みつく膣肉を振り払うようにして、ピストンを加速していく。

「ひゃうぅっ！　ひゃんっっ、あ、あうっ、あ、あぁっ、あんっ、んっ、んんっ、んくぅっ、ん、んひっ、ひ、ひあぁあっ!!」

「ほら、どうだ、俺のチンポ？　ほらほらっ」

「あぁっ、ゴリゴリってされるの、いいっ……あ、あなたのおチンポ最高っ!!　んんっ、んはぁっ」

「お前のまんこは、俺のチンポ専用のご奉仕エルフまんこだ、そうだな？」

「そ、そう、私のおまんこは、このおチンポ専用のご奉仕まんこなのっ！　あんっ、あ、あくっ、あ、あふっ、ん、んんっ、んぅぅっ!!」

言葉にすることで興奮したのか、膣内がより強く締めつけてくる。

とろけきった膣内を往復しているうちに、俺の中でもどんどん快感が高まっていく。

ひくつく膣内をひたすら、ペニスで擦ってやる。

「んっんっ、んくっ、ん、んはあっ、あ、あぁっ、イクの止まらない……ひゃあんっ……あ、あんっ、あぁっ、あふっ、あ、あぁっ、あんっ」

「本当にだらしないまんこだな！　そら、イけっ！」

「ひうぅっ！　強いっ！　んあぁあっ、あ、ああぁぁぁぁあっ!!」

ぎゅぎゅっと膣内がきつくペニスを締めつけてきた。

あまりの刺激に危うく俺もイキそうになるが、どうにか堪えて下から激しく突き上げていく。

「あぁっ、あんっ、あ、ああっ、こんなにされたら、私、おかしくなるぅ！　んんっ、んひっ、ひ、ひぐっ、ん、んあぁっ、あ、あひっ」

「いいぞ、おかしくなって。そらそらっ‼」

「んっんっ、んくぅっ、ん、んはぁっ、あ、あんっ、あ、あぁっ、やぁっ、ん、ぐりぐりってだめぇっ。ああっ、あうっ、んんーっ」

エルシリアの膣内がうねるように動き、俺のモノに絡みついてくる。

射精を促すような締めつけに、あまりの快感で全身に鳥肌が立っていた。

俺はすぐそこまで迫ったゴール目掛けて、さらに激しくピストンを繰り返す。

「ひゃうぅぅっ！　ああっ、あんっ、あ、あふっ、あ、あくっ、あ、あぁっ、ん、んはぁっ、ん、んうぅっ‼」

「エルシリア、そろそろ俺もイクからな」

「あんっ、あ、ぁぁっ、イ、イクのか？　んんっ、そ、それなら、中に、中に出してっ。精液、いっぱいほしいっ‼」

「ああ、もちろん、中にたっぷり出してやる」

「ひうぅっ、う、嬉しい……あぁんっ、あ、あくっ、あ、あぁっ、ん、んはあっ、ん、んんっ、ふあぁあっ！」

カリ首で膣壁を擦る度に、ペニスをしぼりあげるように膣内が締めつけてくる。

熱くうねる膣内を、俺は思いきり奥まで突き上げてやった。

その瞬間、目の前が爆発したかのように真っ白になる。

「……っ！」

「んあああああああぁああああぁああああああっ⁉」

俺はエルシリアの一番奥で射精していた。

凄まじい勢いで精液を注ぎこまれて、彼女も達したようだ。

大きく身体を震わせながら、精液を受け入れている。

「あひっ、こ、これ、すごすぎて……だめぇ……我慢できない……ひうっ、ん、んはぁっ
しょおおおぉぉおおおぉおおぉぉおおおお。

ぷるぷるっとエルシリアの身体が震えたかと思うと、そんな音が聞こえてきた。

見れば、イキすぎて力が抜けたのかエルシリアは放尿していた。

気高く美しきエルフにあるまじき痴態だろう。

透明な液体が弧を描きながら、ベッドをびちゃびちゃに濡らしていく。

「やぁっ、み、見ないで、私……おしっこ、見ちゃいや……」

そう言いながらも、エルシリアが放尿を続ける。

やがて勢いが衰え、すべて出し終えるまで俺はその様子をずっと見つめていた。

「プライドの高かった頃の自分では、おまんこ奉仕する快感も、おもらししながら絶頂する悦びも、そしてあなたに全てを捧げる幸せも理解できなかっただろう」

絶頂を繰り返し、最後は放尿までしながら至福にうち震えたエルシリアは、そんなことを自信満々につぶやいた。

「まあ、そうだろうな……」

思わず苦笑した俺だったが、そこでふと思いついた。

「プライド、か……。なるほど」

◇

翌日から、俺は精力的に動き出した。

とりあえず、長老を直接どうにかすることは諦めた俺は、エルシリアを随伴させて、せっせと貴族たちの家を訪ねて回った。

いかに長老に警戒しろと言い含められていても、要人であるエルシリアを無視することはできない。

「たとえ渋々でも、会ってくれればこっちのもの」

まとめ役クラスの連中を洗脳したり、人間との敵対は無駄だと説得したり、交易することのメリットを話したりと、それはそれはいろいろと硬軟取り入れて交渉をしまくる。

そのかいあってか、ひと月もする頃にはシルヴァンの世論はこちらに好意的に傾いてきていた。

エルフたちの人間に対するイメージを、こちらに良いようにコントロールする。

直接的になにかの価値観を書き換えるより、間接的な操作で人間に対する印象を良くするという作戦だ。

その程度の洗脳チートならば、俺にとってはたやすいこと。

洗脳にかかりにくいエルフたちも、これには抵抗できず、効果はてきめんだった。


さらに二週間ほどが過ぎ、俺がエルフの人心を完全に掌握した頃、ようやく天の岩戸から出てきた長老にお目通りがかなった。

「エルフの歴史がはじまって以来、このような事態は寡聞にして知らぬ。人間よ、貴様我が同胞たちになにをした？」

怒りに震え、長老が俺を睨めつける。

いまや長老は、シルヴァンの中枢から完全に放逐された身だ。

先頃、エルフの貴族や有力者、重鎮たちによる一致した決定がなされ、長老はその政治的地位を完全に奪われたのである。

「特別なことはなにも。ただ、一生懸命こちらの誠意を説得して回ったに過ぎません」

いけしゃあしゃあとウソをつく。ハッタリは堂々とするものだ。

もちろん本当は洗脳チートを使って、エルフたち自らの手で長老を追い落とすよう仕向けたわけだ。

「誇り高きエルフがそろいもそろって、人間風情の勝手な理屈にこうも賛同するわけがなかろう。なにか我のあずかり知らぬ無法でも働いたに違いないぞ！」

「滅相もない。第一、人間風情にそんな大それたことができるとでも、本当にお考えか？」

「…………」

「よほどの理がなければ、誇り高きエルフが私の戯れ言に耳を貸すとは思えません。それでもあなた以外の全てのエルフが賛同してくれたということはどういうことか。聡明なるご長老であれば、お分かりにならぬはずがない」

「ぐぬぬ……」

プライドが高い故に意地でも否定できない相手を挑発するのは、なかなか心地よい。俺も相当性格が悪いな。

「いかな長き伝統を持つエルフとて、旧態依然とした政治体制を改めるときが来たのです。恐れることはありません。人間とエルフ、共に種の発展に尽くそうではありませんか」

こうしてシルヴァン共和国は、ルナティィリアの完全な同盟国となったのである。

「美女ならともかく、じいさんばぁさん相手にはあまり気が進まないんだが……それでも長老達への洗脳はもっと定期的にしないといかんなぁ。我が城へ帰還したら反省日記でも書こうか、なぁエルシリア？」

「あなたがそんな殊勝なことを考えるタマではないことくらい、先刻お見通しだ。面倒ごとはどうせ私に全部やらせる気だろう？」

「ふふふ。分かってるじゃないか。さしあたっては居場所をなくしたエルフの長老を、ウチの国に招きたいんだがね」

エルフの蓄えた知識は無駄にできない。

そこで我が国に長老とその側近たちを招聘して厚遇しつつ、文官として働いてもらえればルナティィリアは安泰だ。

それにそばに置いておけば、定期的に洗脳して、ずっと自分の為に働かせることもできる。

「委細承知した。さっそく手配させよう」

「さすが、エルシリアは理解が早くて助かるな。本当に感謝している」

「そのかわり今晩は寝かさないからな」

うへぇ。

◇

「今度こそ俺は平和を獲得した」

人間の主要国家とエルフの主要国が、共に手を取り合って表向きにも『協調』していくことが発表された日の夜、俺は自室でひとり、祝杯をあげていた。

人間の治める周辺国はすべて配下にした。

エルフの国はシルヴァンの他にもあることはあるが、シルヴァンさえ押さえておけば取るに足らない規模だ。

ルナティリアにはエルフの長老も呼んであるので、なおさら問題は起こりえない。

戦争は完全に回避されたのだ。

「やっとのんびり過ごせるな。それにしても本当に長かった」

この半年間の苦労が偲ばれる。

精神的にも肉体的にも本当によく働いたと思う。

これで安心して惰眠をむさぼれるというものだ。

「いよいよリタイヤ生活のはじまりだ」

だが、喜びに小躍りしながらグラスを掲げたそのとき、悪夢のような報告によって、またしても期待は打ち砕かれることとなった。

「王よ！　亜人種の国々が徒党を組んで、我が国に反旗を翻そうとしているとの報が入りました！」

「マジかよ」

◇

現実はそう甘くなかった。

人間とエルフをほぼほぼ掌握したところまではよかったが、この世界にはそれ以外の亜人種たち、オーク、コボルト、ホビットほか、いろんな種族の国も存在していたのだ。

城の外にいるのは、意思の疎通ができず、知能も低い獣のようなモンスターだけかと思っていた。

さすがはファンタジー世界である。

そして、人間とエルフが手を組んだいま、彼らはその同盟に危機感をいだいて動きだしたという。

「亜人種たちの国との関係は、これまで険悪ではなかったものの、文化や言葉が完全に異なるということもあって、あまり交流が盛んではありませんでした」

とはシンツィアの弁だ。

言語や行動様式の違いから、いままではお互いに我関せずのスタンスでいたらしい。

しかし、ルナティリアを中心とする強大な同盟国家群が成立するとなると話は別だ。

彼らが脅威に思うのも当然である。

「しかし、洗脳するにも言葉が通じないとなると、俺の洗脳チートも威力を充分に発揮できないんだよな」

以前、野良モンスターにチートを試したことがあるが、ほとんど通じないことが分かって懲りた経験がある。

「かといってこのまま放置しておいたら、絶対にどこかで暴発するだろうしなー」

そう俺がうなっていると、満面の笑みを浮かべた女神が現れてこう告げた。

「ふふふ、わたくしが女神だということをお忘れではありませんこと？」

ジョルジアによれば、自分が傍にいて『通訳』をすれば、亜人種とも容易に意思の交換ができるという。

加えて、いよいよ自分の出番だとばかりにジョルジアはやる気満々である。

「はぁ……結局人間、エルフの国でやったことの繰り返しか」

俺はぐったりしながら他の種族との『交渉』へ向かうのだった。

◇

結果として交渉は上手くいった。

その過程はあまりにも煩雑で長く、面白いこともなかったのでこの際割愛する。

種族が違うので美人もいなかったし。

とにかく俺は半年もの間、長く苦しい交渉の旅に大陸をかけずり回ったのだ。

「政治って……めんどくさい」

精神的疲労は相当なものだった。そもそも俺はコミュニケーションは苦手なんだぞ。

もちろん、得るものはそれなりにあった。

コボルトの国には劇的に美味い果物を輸出してもらえることになったし、オークの武器はモンスター狩りに非常に効果があることも分かった。

なにより驚いて感動したのは、各地で日本にしかないと思っていたいくつかのもの、米とか味噌とか醤油とかが手に入ったことだ。

「これはいったいどういうことなんだ？」

かたわらの女神に尋ねると、日本人は過去にも何度もこの世界へとやってきている、と衝撃の事実を教えてくれた。

「よりによって、なんでまた？」

「日本人はね、異世界に連れてきても、なぜだか喜ぶ人が多いの。エルフやオークなんかの異種族を見てもあんまり驚かないし」

…………。

「その上比較的、現地の人間と融和し、文明を発展させることにやっきになる。だから選ばれるのよ」

なんとなく分かる気がした。

「ねぇ、そんなことより。これだけ仕事を手伝ったのだから……」

ジョルジアがしなだれかかってくる。

「このところ三人一緒だったり、他の子とばかりだったじゃない？　今夜こそふたりきりで思い切り……ね？」

「ああ。亜人種たちをまとめられたのも、こうしてジョルジアがいてくれたおかげさ。感謝してるよ」

「ああん♪」

なんだか同じようなことを延々と繰り返している気もするんだが……まあいいや。

◇

「あぁん、そんな意地悪なことを仰らないで……わたくしのご主人様に全てを捧げるのは当然のことですわ」

普段は人に見せない部分が、部屋の照明に照らされながらひくついていた。

ジョルジアが形のいいお尻をこちらに向けて、自分の手で左右にアナルを開いている。

「女神様が人間の前でそんな恥ずかしい格好をしていいのか？」

「わたくしの全て、あなたにもらってほしいのです」

発情した様子で、ジョルジアが言う。

いまや愛と性の女神様も、すっかりと俺専用の性欲処理係になっていた。

「だから早く、あなたの逞しいの、わたくしのお尻にください。お願いします」

「そうだな……でも、久しぶりだし、まずはこっちからだ」

俺はペニスの先端を膣口にあてがうと一気に突き入れた。

すでに興奮して熱くなっていたそこは、あっさりと俺のモノを受け入れる。

「あ、あん、おまんこからですか……ふあぁっ、あ、あんっ、あ、あうっ……」

「なんだ、もう濡れているじゃないか。それにすごい締めつけだ」

「だって久しぶりのふたりきりですから。んんっ、んくっ、ん、んあっ、ああっ、あんっ、あ、ああっ……！」

甘い声を上げながら、ジョルジアが快感に腰をくねらせる。

俺はゆっくりと腰を動かし始めた。

「んんっ、んくっ、おチンポ動いてるぅ……あんっ、硬い、ごりごりって擦れてるぅ……はふっ、ん、んんっ、んぅっ……」

「相変わらずジョルジアの膣内は気持ちいいな」

「あ、ありがとうございます。たっぷり味わってください。ひゃんっ、んくっ、んあっ、ん、んうぅっ」

愛と性の女神というだけあって、ジョルジアのおまんこはとてつもない名器だった。

いまもうねるように動きながらペニスにまとわりつき、凄まじい快感を与えてくる。

気を抜けば、すぐにこちらがイカされてしまいそうだ。

「そんなに締めつけるなよ、ジョルジア」

「ふぁっ、だ、だってぇ、おチンポ気持ちよくって、おまんこ反応しちゃうんです……ひあぁっ、あ、あんっ、あ、あふっ、あ、あぁっ！」

「まったく、仕方のない女神様だな」

気づけば彼女のほうからも腰を動かしていた。

先端が奥に当たるたび、膣内が痛いほどに締めつけてくる。

「あんっ、あっあっ、あくっ、あ、あぁっ、ん、んんっ、んくっ、んあぁぁあっ！　おチンポいいのっ、ん、んんっ!!」

「膣内がひくひくしているぞ。そろそろイキそうなんじゃないか？」

「は、はいぃ、あなたのおチンポ良すぎて、わたくし、イッてしまいますぅ！　あんっ、んんっ、んくっ、んあっ、はひっ、ふあぁぁあっ!!」

ジョルジアの膣内がうねるように動いたかと思うと、激しく締めつけてくる。

アソコからは大量の愛液が溢れ出してきていた。

「はぁはぁっ、あんっ、あぁっ、あ、あひっ……わたくし、イッちゃいました……ひゃうぅ……」

「おいおい、まだ休んでいる暇はないぞ」

「んうぅっ、そ、そんな！　ああっ、イッたばかりで敏感になってますからぁ、そんな激しくしないで……きゃうぅっ!!」

「そんなこと言って、本当はこうされるのが嬉しいんだろ？」

「ひゃうぅっ、んっんっ、んあぁっ、ん、んくっ、あ、あひっ、ん、んんっ、ああっ、あ、あぁっ！」

ズチュズチュと繋がりあう音が部屋の中に響いていく。

俺は貪るようにジョルジアの膣内を往復する。

「ほら、どうだ。ほらほらっ」

「あぁっ、おチンポ、気持ちいいところに当たってますっ。声出ちゃうっ。ふぁぁっ、あっあ、あんっ、あ、あひっ、あん、んうぅっ!!」

腰の動きに変化を与えて、円を描くように膣内を擦ってやる。

ペニスを出し入れするたび、ジョルジアのアソコから愛液が飛び散っていく。

「ジョルジアのおまんこ、俺のモノを美味しそうに奥まで咥えこんでいるぞ」

「や、やだ、恥ずかしい、見ないでください。んうぅっ、ん、んくっ、ん、んんっ、ん、んあぁっ！」

俺の言葉に反応したのか、ジョルジアの中がよりきつくペニスを締めつけてきた。

そこから生み出される快感は凄まじく、相変わらず極上のおまんこだ。

「そんなこと言って、さっきより興奮しているみたいじゃないか。恥ずかしいところを見られるのがいいんだろう？」

「あぁっ、そんなに苛めないでくださいっ。ひゃんっ！　んん、んあぁっ、あっあ、あうっ、あひっ、あ、あぁっ、んんーっ！」

「別にいいじゃないか。そら、もっと感じさせてやる!!」

「あっあっ、あんっ、おチンポ、わたくしの中で暴れてますっ！　ひうぅっ、ん、んあぁっ、んくっ、ん、んはぁっ！　はひっ、あ、あうぅっ！」

「おまんこの中がひくひくしているぞ。またイクんじゃないのか？」

「は、はいぃ、わたくし、またイク……イッちゃいますぅ！　んあぁぁああああああっ!!」

　ぎゅうっと膣内がペニスを締めつけてきたかと思うと、ジョルジアが膝をがくがくと震えさせた。

　アソコからは先ほど以上に大量の愛液が溢れ出す。

　まだまだ彼女の膣内を味わっていたい気はしたが、俺は一旦ペニスを引き抜いた。

「あんっ、あ、あふっ……」

「さて、次はいよいよこっちを味わわせてもらおうか」

　ジョルジアの愛液でぬるぬるになったペニスを、アナルにあてがう。

　軽く突っつくと、彼女の身体がぴくぴくと震えた。

「はぁはぁ、は、はい、そっちにもおチンポください……わたくしの全て、もらってください……ん、んぅっ……」

　ねだるように、ジョルジアが甘い声を出す。

　俺はその言葉に応えるように腰に力を入れると、ペニスを突き入れていった。

「あぐっ、あ、あぁっ、は、入ってくるぅ……んぐっ、ん、んあぁっ……」

「これは、きついな」

ジョルジアのアナルは、アソコとはまた違ったきつさがあった。

入り口をこじ開けるようにして、少しずつ奥へと進んでいく。

そうして俺のペニスが根元まで飲み込まれていった。

途端にペニス全体を包み込むようにしながら腸壁が締めつけてくる。

「ふぅ、全部入ったぞ」

「あ、あんっ、わ、分かります、おチンポ入ってるの……ひぅぅっ、ん、んぁっ、あ、あふっ、あ、あんっ、あ、あくっ……んんっ……」

「動かすぞ」

先にペニスを愛液で十分に濡らしておいたおかげで、ピストン運動はスムーズに行えた。

きゅうきゅうと吸いついてくる腸壁を振り払うようにしてペニスを出し入れしていく。

ジョルジアはおまんこだけでなく、アナルのほうも一級品だった。

ぬめつくアナルの中をがちがちに硬くなったペニスで何度も往復する。

「あぁっ、あんっ、あ、あうっ、こ、これすごい。きゃううっ、ん、んはっ、ああっ、あうっ、あっあっ、んん、んくっ、んあぁっ！」

「ジョルジアのお尻、おまんことはまた違って、すごくいいぞ」

「はぁはぁ、本当ですか？　嬉しいです……わたくしもすごく感じちゃって……んうぅっ、エッチなお汁、止まりません……はひっ、あ、あふっ」

ピストンを繰り返すうちに、アナルの中が俺のモノに馴染んでいくのが分かる。

ペニス全体にまとわりついてきては、ぞわぞわとするような快感を与えてきた。

俺はいつしか夢中になって腰を動かしていた。

「どうだ？　俺のチンポを尻穴に入れられた感想は」

「そ、それはぁ……ふぁぁっ、あんっ、あ、あぁっ、そんな恥ずかしいこと、言わせないでくださいぃっ！　んあぁっ、ん、んくっ」

「いまさら、なにを恥ずかしがる必要があるんだ。ほら、言えっ！」

俺は強めにジョルジアの尻を叩く。

すると彼女の身体がビクビクッと震え、腸内がペニスを締めつけてきた。

「あんっ、やっぱり、お尻でするのもあなたが一番ですっ！　もっと、もっとしてくださいっ。あぁっ、あくっ、あ、あひっ、ん、んんーっ！」

ジョルジアの言葉と反応から、アナルセックスが初めてではないということが分かる。

さすがは愛と性の女神といったところか。

熱くぬめつく腸壁が、まるで別の生き物のようにうねりながらペニスに絡みついてきていた。

俺は夢中になってひたすらにピストンを繰り返していく。

「んうぅっ、ん、んぁっ、激しいのいいですっ……ひゃんっ……これで、わたくしの全てはあなたのものですっ……ひうぅっ、あんっ、あ、あぁあっ！」

「ああ、そうだ。お前の全ては俺のものだっ！　そらそらっ!!」

「ひゃうぅっ、ああっ、あんっ、あ、あふっ、あっあっ、あぁんっ、んうぅっ、ん、んんっ、んあぁっ、はひっ、んっ、んあぁっ」

ひたすらに腸壁が俺のペニスにまとわりついてくる。

痙攣するかのように収縮を繰り返しているところを見ると、軽くイッているようだ。

「ジョルジア、お前、尻の穴に入れられてイッてるのか？」

「そ、そうです、わたくし、イッちゃってます……あなたの立派なおチンポでお尻の穴ズボズボされてイッちゃってるんですぅっ!!」

もはや能力を使う必要もないほどにジョルジアは乱れきっていた。

一突きごとに敏感なまでに反応を返してくる。

「ひゃうぅっ、んあぁっ、このおチンポ、このおチンポが一番ですっ。一番気持ちいいのっ。ひゃんっ、ん、んんっ、はひっ、あ、あうぅっ！」

おまんこに入れていたときと同じように、ジョルジアが激しく腰を振っていた。

ただひたすらに快感を求めるその姿に、俺自身、強い興奮を覚えていた。

他の女たちと同じように、女神でさえ完全に俺のモノにすることができたのだ。

その証を刻み付けるように、さらに激しくピストンを繰り返す。

「あんっ、あっあっ、おチンポ、中で暴れてるぅっ！　ひゃんっ、ん、んひぃっ、んあぁっ、んんっ、ん、んはぁっ、はひっ、あぁんっ、ん、んんっ!!」

「そんなにいやらしい声を出して。前より後ろのほうが感じているんじゃないか？」

「やぁんっ、あなたのおチンポが良すぎるんですぅっ。はひっ、ん、んんっ、んぁっ、このおチンポでズボズボされると感じすぎて、すぐイッちゃうんです。ひあぁあっ！」

びくびくっとジョルジアの身体が震える。

アソコから溢れる愛液で、ベッドのシーツがぐちょぐちょに濡れていた。

「お前がいやらしいのを俺のせいにするつもりか？」

「だ、だってぇ、本当なんですぅ。ひぐっ、んんっ、んあっ、あ、あんっ、あくっ、あ、あうっ、あ、あぁーっ！」

まるでペニスをしぼりあげるように腸壁が締めつけてくる。

俺は絶え間なく与えられる快感を前に、限界がすぐそこまで迫っていることを感じていた。

「そろそろ出すぞ、ジョルジア。全部受け止めろ！」

「んうぅっ、は、はい、出してください、わたくしのお尻に全部っ！　ひゃんっ、ん、んはぁっ、んんぅっ‼」

ジョルジアの腰をしっかりと掴むと、ガンガンとピストンを行う。

カリ首が膨らみ、尿道を精液が駆け上がってくる。

「はっ、はっ、はっ、出すぞ、出すからなっ！」

「は、はい、精液ください、精液！　んあぁっ、ん、ん、ふあぁぁあぁぁあっ！」

強烈なまでに腸壁がペニスを締めつけてくる。

俺は思いきり腰を突き入れると、一番奥で欲望を解き放った。

「あぐっ……！」

「んあああああああぁぁああああっ⁉」

俺の射精を受けてジョルジアが大きく背中を仰け反らせる。

アソコからはものすごい勢いで愛液が噴き出していた。

「あっあっ、あんっ、まだピュッピュって出てる……はぅっ、ん、んはぁっ、あ、熱いのがいっぱい……ひあぁっ……」

ビクビクっと身体を震わせながら、ジョルジアが甘い声を出す。

俺は射精を終えるとゆっくりとペニスを引き抜いた。

すると奥からドロリと精液が溢れ出してくる。

「はぁはぁっ、これでわたくしは正真正銘、すべてあなたのものです……これからもいつでも好きなときに、愛してくださいませ……」

うっとりとした様子でジョルジアが言う。

俺は気だるい満足感に浸りながら、その言葉を聞いていた。

◇

「全てをあなたのものにしてもらって幸せぇ！」

喜びながら女神が絶頂しまくった翌日、異種族達との『交渉』を終わらせた俺は、ようやくルナティリアへの帰路についた。

明るい森を進んでいく馬車の足取りも軽快だ。

ふりそそぐ木漏れ日もまぶしく、頬に吹くそよ風もあたたかく心地よい。

「今度こそ。本当に今度こそ、面倒くさいことは終わりだな」

これで肩の荷も下りようというもの。

「あとはルナティリアへ戻り、ふたたびのんびりしたエロい日々を過ごすだけだ」

俺はほっとしながらも、意気揚々と馬車を走らせるのだった。

◇

「陛下！　遠方の国々が連合を作り、ルナティリアに宣戦布告をしてまいりました！」

「いい加減にしろ！」


自国に戻った俺を待っていたのは、平和ではなかった。

周辺国との同盟は完全に固まったものの、今度はそれ以外の遠くの国々が牙をむいたというのだ。

どうやら放っておかれたことで逆ギレを起こしたらしい。

「子供かよ！」

ああ、もう。

結局、一部でも残しておくと面倒ごとが増えるだけだ。

だったらもういっそのこと——。

# エピローグ　王ならばこそ当然に

「ミルドガル統一連邦、初代大統領、トリカワ・ハルトシ閣下に敬礼！」

ズザザッと足を踏みそろえる音と共に、数百人の着飾った兵士たちが一斉に胸に手を掲げた。

いま、ここルナティリア王宮の中庭には、諸国より集まった騎士たちが所狭しと並んでいる。

「皆の忠心に感謝する。かくなるは、おのおのの祖国の興起《こうき》と発展に尽力されたし！」

ワァァァァ！

二階の大バルコニーから俺が声を張り上げると、辺り一面、大歓声がわき起こった。

今日は各国師団の謁見式。

彼らが謁見する相手は、ルナティリアの王にして、はじめてミルドガルを統一した大統領、すなわち俺だった。

俺がこの世界にやってきてから、かれこれ二年あまりの月日がたった。

周辺国と同盟を結び、遠方の国々をことごとく平定してからも、もう半年以上になろうか。

意図したわけではないのだが、結果的にミルドガルはルナティリアのもと、全土に統一した連邦制を敷くこととなった。

連邦制といっても、そう堅苦しいものではなく、お互い仲良く共存していきましょうっていう程度のものだ。

だが望んだわけでもないのに、俺はその初代大統領に祭り上げられてしまった。

世界を平和的に統一したということで、名がとどろいてしまったのだ。

一部では英雄扱いすらされている始末で、謁見希望が引きも切らない。

今日の式だって、各国の軍部がどうしてもって聞かないから仕方なく『お言葉をかける』場を設けた次第だ。

「本当は部屋でぐうたらしていたいのに」

嘆息しながら空を見上げる。

「そもそも俺は、気に入った美女を集め、自分だけのハーレムを作り、気ままに過ごせればそれでいいんだ」

女神ジョルジアが危惧したような、世界を個人的なものにしてやりたい放題、みたいなことは『めんどくさい』し興味もない。

反乱や戦争が起きては面倒だし、だいたい血を見るのはイヤだ。

その上、文化が遅れているので服飾や衛生、医療面でもなにかと不安がある。

「特に服飾は重要だ。やはり胸当てとかドロワーズじゃなくて、ブラジャーとパンツとか、あとはチャイナ服とか、エロい格好を色々とさせたいしな！」

リビドーは偉大である。

夢の世界の実現のため、俺はチートの力で、各国の指導者や、各分野の天才たちをせっせと洗脳してまわり、力を合わせて強制的に内政を強化していった。

まさにダラけるために、一生懸命働いたわけだ。

「そして世界は、かつてないほどに平和になった」

発展をしていく町並みを眺め、悦に入るのが最近の楽しみだ。

我ながらなんて遠いところまで来たんだろう。

「とにもかくにもゴタゴタはなくなったんだし、お祭り騒ぎもそのうち落ち着くだろう」

あとはいかに日々の庶務を裏方に任せて楽をするか。

「ま、おいおい考えていくとしよう。今日の仕事も終わりだ」

つらつらとそんなことを思いながら自分の部屋に戻ると、三人の美女が俺のことを待ちかまえていた。

「「「お疲れさまです、ご主人様♪」」」

◇

世界を統一後、俺が真っ先にしたのは大後宮を作ったことだ。

好きなときに好きな美女とイチャイチャしたい。

非道を働いて女をさらってきてるワケじゃないし、これくらいは役得というもの。

もともとそのつもりだったんだから、誰にも文句は言わせない。

「国が傾くほどの贅沢さえしなけりゃ、なにも問題はないさ」

人間には分相応というものがある。

だいたい、小市民の俺に国を滅ぼすほどの甲斐性なんてあってたまるか。

「精力だって人並みなんだし……」

ハーレムには数十人の美女達がいるが、いちいち全員の相手をしていたら、ジョルジアの最初のもくろみ（?）どおりに腎虚《じんきょ》で死にそうだ。

「実際に最初の数日間はそれで死にかけたもんな。あれは調子に乗りすぎた」

はしゃぎすぎて俺が初日に気絶したことは国家の最高機密だ。

いまは栄養をとりつつ、一日数人だけの相手をすることにしている。

「今日の相手はおまえたちか」

自然と顔がほころぶ。

彼女たちこそ相手にするには最高のパートナー。

特別扱いといわれようがなにされようが、俺が『妻』と呼ぶのは彼女たちだけ。

「このシンツィア、ご主人様へのおつとめをいまかいまかと待ち望んでおりました」

「このエルシリアこそ、あなたへ奉仕を一日中夢見て過ごしている」

「わたくしジョルジアこそ、いついかなる時もあなたに愛を捧げるための準備ができています」

部屋に戻ってくると、さっそく誘惑してくる三人の美女たち。

着替えに風呂と、かいがいしく世話をしてくれる彼女たちは、いまでは本当に愛しい存在となっていた。

「ようし、おまえらそこへ並べ。今夜はメチャクチャに犯してやるぞ！」

居並ぶ三匹のメスに、俺は野獣のように襲いかかった。

◇

「そら、シンツィアの中に入っていくぞ」

「あっあっ、分かるぅ。おチンポ入ってくるのぉ……ふあぁっ、あ、あんっ！」

「あぁ、あの大きなチンポが全部シンツィアの中に……なんていやらしい……」

「なんて気持ち良さそう……早くわたくしにも入れてください」

「まあ待て、残念ながら俺のチンポは一つしかないんでな。まずはシンツィアからだ」

そう言いながら、俺は激しくピストン運動を開始した。

「ふあぁっ、あんっ、ああっ、あふっ、こ、これぇ、いいのぉっ。あんっ、あ、あくっ、ん、んうぅぅっ！」

「はぁはぁ、なんていやらしい声なんだ……聞いているだけで身体が熱くなってくる……」

「んんっ、んあっ、見ているだけじゃ、余計アソコが切なくなってしまいます……はふっ、あ、あんっ」

「ジョルジア様、なにを……」

「こうなったら自分で自分を慰めるしかないでしょう……んんっ、んくっ、ん、んんっ……」

「そんな、女神様がそのようなはしたないことを……」

「あなただって我慢できないのでしょう？　意地は張らなくていいのですよ。ふぁっ、あ、あうっ、ん、んんっ」

シンツィアの横で、ジョルジアが自分のアソコを弄りだす。

それを見ていたエルシリアは躊躇うようにしていたが、やがて同じようにアソコを弄りはじめた。

「あぁっ、あんっ、こんなことといけないのに……やんっ、あ、あふっ、あ、あうっ、あ、あくっ、あうっ、あ、あぁっ！」

「そ、そう、自分の欲望に素直になりなさい。んんっ、ん、んうぅっ……！」

「ふたりとも、私がセックスしているところを見て、自分を慰めるなんて……んんっ、ん、んうぅっ」

そんなふたりの姿を見てシンツィアも興奮したらしい。

膣内がぎゅうぅっとペニスを締めつけてくる。

俺は容赦なく奥まで何度もズンズンと突いていく。

「あっあっ、あくっ、あ、あぁっ、んぅっ、おちんちん、奥に当たってるぅ！　ひぐっ、んんっ、んはぁっ、ん、んんーっ！」

「んんっ、おチンポ、私も欲しい……指でしていても、どんどんアソコ切なくなってくるぅ。あんっ、あ、あふっ」

「はぁはぁ、早く、逞しいおチンポでわたくしのここかき混ぜてほしいです……ひゃんっ

「……んうぅっ、ん、んあっ、あ、あひっ、あ、あんっ」

　くちゅくちゅといやらしい音が部屋の中に響いていく。

　エルシリアとジョルジアのアソコから大量の愛液が溢れ出しているのが見えた。

　更なる快感を求めるように、ふたりの指の動きが激しさを増していく。

「あぁっ、あんっ、あ、あふっ、あっあっ、あうっ、あ、あぁっ、あ、あんっ、ん、んんっ、あひっ、あ、あ、あああっ！　おチンポいいのっ!!」

　そして俺のチンポを出し入れさせれているシンツィアは、より大きな嬌声を上げていた。

　膣肉がまとわりつき、きゅうきゅうと吸いついてくる。

「んん、んぅっ、んあっ、チンポ、チンポほしいっ……こんな指じゃ物足りない……!!」

「アソコ、じんじん疼いておかしくなってしまいますぅ……！　あふっ、あ、あんっ、あ、ああっ、あうぅっ！」

　ベッドの上でふたりが切なそうに身じろぎする。

　その様子に俺はシンツィアからペニスを引き抜いた。

「ふぁっ、あ、あんっ、おチンポ……どうして抜いてしまうの？」

「他のふたりも可愛がってやらなくちゃだからな」

　俺はシンツィアの愛液でべちょべちょに濡れたペニスを、エルシリアのアソコにあてがう。

そして一気に突き入れた。

「んあぁあっ！　おチンポきたぁっ！　ああっ、これ、これが欲しかったのっ‼」

焦らされていたせいか、挿入しただけでエルシリアは軽くイッたようだった。

俺はそれに構わず、シンツィアのときのように容赦なくピストンを開始する。

「あっあっ、激し……おチンポすごい……！　ひゃんっ、ん、んあぁっ、あ、あふっ、あ、あんっ、あ、あぁっ‼」

最初からエルシリアは乱れていた。

そんな彼女から素早くペニスを引き抜くと、完全に油断していた様子のジョルジアに挿入する。

「えっ、ひあぁぁぁああっ！　ん、んくぅっ、い、いきなり、おチンポきたあぁっ‼」

エルシリアと同じようにジョルジアも挿入しただけで達してしまったようだ。

強烈な勢いで膣内がペニスを締めつけてくる。

俺は何度か往復すると引き抜き、シンツィアに入れなおした。

そうして抜いては入れなおすのを繰り返し、順番に全員に挿入していく。

それぞれ膣内の感触が違うものの、どれも素晴らしい快感を俺に与えてきた。

「あんっ、あ、あぁっ、すごい、三人一緒に犯されてるぅ……ひぐっ、ん、んあぁ、あ、あふっ、あ、あんっ、あ、あうぅっ」

「ふたりに入っていたチンポが私の中にっ……こんなのいやらしすぎる！　ひぐっ、んんっ、んあっ、んっんっ、んくっ、ん、んあぁっ!!」

「はぁはぁっ、わたくし、興奮してしまいますっ。んんっ、んぁっ、おチンポ熱くって、ヤケドしてしまいそう……ひゃんっ、あっあ、あんっ……！」

それぞれ順番ずつ、三人の膣内を味わっていく。

ぬるつく膣内はどれも愛しそうに俺のペニスを受け入れていた。

「ひゃうっ!?　ジョルジア様、なにを……んくっ、んんっ、んあぁぁっ!!」

「ふふ、こうしたほうがあなたもより感じるでしょう？　れるっ、ちゅっ、んちゅっ、ちゅちゅっ、ちゅぱちゅぱ……」

ジョルジアが横からシンツィアの乳首に吸いついていた。

音を立てて乳首を吸われ、シンツィアの身体が反応し、より強く俺のモノを締めつけてくる。

「なるほど……では、私も……ちゅっ……ちゅうぅっ！」

「そ、そんなふたり一緒になんて、だめぇっ！　はひっ、あ、あぐっ、あ、ああっ、イクぅっ!!」

思いがけないふたりの責めを前に、シンツィアがあっさりとイッてしまった。

痛いほどに膣内が締めつけ、愛液が大量に溢れ出してくる。

「ふふ、イッてしまったのですね。可愛い……ぴちゅぴちゅ……」

「んっ、れるっ……乳首もすっかり硬くなって……ちゅっ、ちゅぱちゅぱ……」

「あっあっ、あんっ、んんっ……そんなに吸わないでぇっ」

「いいわ、この可愛い声、もっと聞かせて。ちゅっ、ちゅうぅうっ！」

「れるっ、ぴちゅぴちゅ……んちゅっ、乳首、コリコリになってる……」

「だ、だめ、そんなにされたら……私、本当にイッちゃうっ。あ、あ、あぁあっ！」

「まったく、エロすぎるぞ、お前ら」

俺はシンツィアからペニスを引き抜くと、先ほどのように、順番に犯していく。

「ひゃんっ、わ、わたくしたち、みんな、あなたのチンポでこんなにもエッチになってしまったんですっ」

「そ、そうだ、このチンポが良すぎるからぁ……！　あひっ、あ、あくっ、あ、あんっ、あ、ああっ、あ、んあぁっ!!」

「んんっ、んあぁっ、んくっ、ああっ、わ、私だって、んんっ、んちゅ、ちゅちゅっ」

「ふぁっ、シンツィア、なにをするのです……んむっ、ちゅぱちゅぱっ」

「こ、こら、そんなところを指で……ひゃんっ、あ、あひっ、あ、あぁっ……」

「さっきのお返しです……ちゅっ、ちゅぴちゅぴ……ちゅちゅっ」

シンツィアがジョルジアにキスをしながら、エルシリアのアソコを指で弄っている。

予想外の反撃に、ふたりの膣内が反応し、いままで以上にきつく俺のモノを締めつけていた。

三人がいやらしく絡み合う姿に、俺の興奮も高まっていく。

「そらっ、もっとよがれ！　たっぷりとチンポ味わわせてやる‼」

「う、嬉しい……もっと、もっとしてください。んんっ、んはぁっ、ん、ん、んんぅっ‼」

「ああっ、おチンポいいっ！　私のおまんこ、喜んでるの分かるっ！　ひあぁっ、あ、あふっ、あ、あひっ！」

「んんーっ、これ、すごすぎておかしくなるぅ！　はひっ、んんっ、ああっ、あっあ、あうっ……‼」

三人のおまんこ、それぞれ感触が違い、どれも気持ちがよかった。

みな同じようにひたすらに俺のペニスを求めてくる。

ぬるぬると絡みついては、きつく吸いつき、まるで離したくないと言っているようだ。

「ひゃんっ、んんっ、んぁっ、あ、あぁっ、私の中、おチンポでいっぱいになってるぅっ！」

「わ、私も、気持ちいいところ全部擦れてるっ！　やんっ、ん、んあぁっ、あ、あふっ、あ、ああっ！」

「もう、ダメっ、わたくし、もうダメですっ！　こんなのすごすぎてっ！　はぁはぁっ、んんーっ」

三人のおまんこから大量の愛液が溢れ出してくる。

どのおまんこも、何度も収縮を繰り返しては限界が近づいていることを教えていた。

俺はそんな膣内を、ゴール目指してひたすらに往復していく。

「あっあっ、あんっ、あぁっ、ん、んうぅっ、こんなの、またすぐにイッちゃう……あぁんっ！」

「わたくしも、頭くらくらして……ふあぁっ、んんっ、んくっ、ん、んんぅっ」

「あ、イク、イクイクイクイク!!」

三人が同時にイッたようだった。

どのおまんこからも愛液が溢れ出し、とてつもなくいやらしい。

俺は夢中になって三人のおまんこを犯していく。

「んうぅっ、ん、んあぁっ、んっんっ、んくっ、ん、んはぁっ、ん、んんっ、はひっ、ん、んあぁっ、チンポいいのっ!!」

「はぁはぁ、わたくし、感じすぎて……ふあぁっ、あ、あんっ、おかしくなっちゃいますぅ……ひうぅっ」

「硬いのごりごりって擦れて、私のおまんこ、喜んでいるっ！　ひゃんっ、あっあっ、ぁふっ、あ、あうっ、あ、あぁっ、んくぅっ！」

どのおまんこもとろとろにとろけきり、熱くうねっていた。

「そんなに俺のチンポがいいのか？　三人とも」

「え、ええ、このチンポ最高なのぉっ！　ひゃんっ、んっ、んくっ、んあっ、あ、あふっ、あうぅっ」

「はぁはぁ、わたくしも、またイッてしまいますっ……ふあぁっ、あ、あうっ、あ、あんっ、ん、んんっ！」

「イ、イクの止まらない……あんっ、あふっ、あ、あぁっ、ん、んくっ、ん、んひっ、ぁんっ、あ、あ、あぁあっ!!」

もはや誰に挿入しているのかも分からないような勢いで、出し入れを繰り返す。

俺のペニスは絶え間なく与えられる快感を前に、限界がすぐそこまで迫っていることを教えていた。

「よしっ、そろそろ出すからな、三人とも。しっかり受け止めろよっ！」

「あんっ、あ、ああっ、あ、あふっ、え、ええ、精液ちょうだい。熱いのいっぱいっ！」

「わたくしも欲しいですっ。いっぱい、いっぱいかけてくださいっ！」

「んあぁっ、精液、私もかけてほしいのぉっ……んんっ、早くぅっ！　あ、あんっ」

三人が俺の言葉に精液のおねだりをしてくる。

それに応えるように、俺は一気にラストスパートをかけた。

「あぁっ、あ、あっあっ、すごいっ。おチンポすごいのっ!!　んんっ、んくっ、んぅっ、ん、んんーっ！」

「わ、わたくし、イッちゃいます……はひっ、あんっ、い、一緒、一緒にぃっ!!」

「んぅぅっ、ん、んくっ、ん、んはぁっ、ん、んんーっ、も、もう、ダメ、ああっ、ああ、あひっ」

ペニスが限界まで膨らんだところで、俺は勢いよくペニスを引き抜く。

その衝撃に、一気に限界が訪れた。

「行くぞ……ぐぅっ！」

ビクンビクンとペニスが跳ねながら、大量の精液が噴き出す。

俺はそれを全て容赦なく三人の身体にかけてやった。

「あぁっ、あんっ、あ、ああっ、精液かけられながらイクうううぅぅぅうううう！」

「ふああああぁあああああぁああああっ!!」

「すごいのくるぅっ！　ひあああぁあぁぁあぁあああああっ！」

俺の精液を身体で受けながら、三人ともイッたようだった。

その様子を目にしながら、俺は凄まじい満足感に包まれるのだった。

この三人をいつでも好きなように犯せるのは俺だけ……。

そう、俺だけなんだ。

その後もひとりが終わったら次のひとり、また次のひとりと、三人は何度も俺を求め、ねだってきた。

「ご主人様をこの世界に招いたのはこの私。だから私が一番ご主人様のことを分かっているのよ」

「笑止。王のいかなる変態的なご命令にも、即座に対応できるこの私にかなう女などいるはずがない」

「女神であるわたくしの性技に勝てる存在がいると、本気で思っていらっしゃるのかしら?」

「だからケンカすんな。おまえら三人とも愛しているよ。これは本当だ」

「「「ああん、ご主人様ぁ♪」」」

◇

「ふぅ……」

どうにかこうにか俺は全員を満足させた。

酒を飲みながら一息つき、城から町を見おろす。

「ずいぶんと夜も明るくなったもんだ。人々の生活が豊かになった証拠かな」

この世界に来たばかりの頃との景色の変わりっぷりに感嘆する。

「この世界も悪くない」

生まれたあの世界が絶望に満ちているとは思わない。

なんだかんだで小市民的な幸せをつかんで、俺は人生をまっとうすることができただろう。

だが現実に俺はこちらの世界に呼ばれ、もう戻ることはかなわない。

そしていまの俺には充分な権力がある。旧世界で仕入れたたくさんの知識もある。

そのおかげで俺はこの世界を導く存在となった。

「結局、権力ってなんだろう」

酔いとまどろみの中で、思索がゆるやかに広がっていく。

このまま発展が進んでいけば、やがてミルドガルには産業革命が起きるだろう。

そしていつかは貨幣経済を中心とする資本主義に移行するかもしれない。

しかし、暴走した資本主義がいきつくところがどうなるかは、俺自身が身をもって知っている。

(旧世界の)歴史上、もっとも成功したのは、統制のとれた社会主義的な資本主義だと俺は思っている。

「あるいはファシズムか、な」

統制のとれた社会という意味では、ファシズムはある意味理想なのかもしれない。

ファシズムはよく独裁者による恐怖政治と共に語られるが、それは独裁者の質が悪いからだと思う。

近年では聖人君子によるファシズムも真面目に議論されており、学生の頃、その手の本をいくつか読んだことがある。

あまりに非現実的すぎるし、なにかの参考になるとも思えなくてすぐに飽きてしまったけれど。

「だいたい俺は聖人君子じゃないし」

相容れない意見の小競り合いは洗脳で押さえられる。

俺のしていることは一種のファシズムには違いない。

「それならばせめて、悪のファシストにだけはならないように」

一生小市民の心を大切にしよう。

「一生か。じゃあ、俺が死んだら……ミルドガルはどうなる？」

小市民的な心を持ったファシストが緩やかに世界を統べる。

そんな政治的仕組みをシステムとして構築するべきなんだろうか。

「しかしどうやって？」

洗脳チート能力をもっているのは俺しかいないのだ。

俺が死んだら、後継者なんていないるはずがない。

争いは必ずまた起こるだろう。

「そうならないように人々に知恵を付けさせるか。あるいは洗脳で誘導しておくか」

争うのは人間の本能だ。

そのおかげで文明は発展してきた。

では争いがなかったら文明は発展しないのか？

「しかも、この世界に生きているのは人間だけじゃない」

エルフもいる。コボルトもいる。オークも、ホビットも、そして神もいる。

「ならば俺は、彼らの未来への礎《いしずえ》を築こう」

一つでも多くの知識を残そう。

できるだけたくさんの知見を広めよう。

慈愛に満ちた精神があまねく世界に行き渡ったとき、彼らの子孫たちが、その中からきっと答えを見つけてくれることを願って。

「まだバブルが崩壊するには数百年はあるさ」

「なにをたそがれているんですか、ご主人様ぁ♪」

「今夜はメチャクチャにしてくれるはずではなかったのか、王よ」

「こんなところで休んでいるヒマがあったら、はやくわたくしを犯してくださいまし」

背後から抱きついてきた三人に、一気に現実に引き戻された。

「おまえら、まだ足りなかったのか⁉」

「だって、今日こそはご主人様の子種を子宮に突っ込んでもらいたくてぇ♪」

「なにを言っている。最初に孕むのはこの私だ。王に精子をたっぷりと注ぎ込んでもらって、絶頂妊娠するのが私の役目なのだ」

「あらあ、精液まみれになって子宮絶頂して妊娠するのは性の女神の専売特許よ。さ、わたくしに真っ先に注いでくださいな♪」

さっそく子孫繁栄のおねだりが来た。

「やれやれ……とりあえず、次に必要なのは精力増強と体力回復の魔法薬だな」

苦笑しながらも、俺は再びベッドへと向かうのだった。


翌日から二日ほど俺が公務を休んだことは、その後、国家最高機密に加えられた。

# あとがき

みなさま、ごきげんよう。愛内なのです。今回はけっこう強気に、ゲスめな主人公を描いてみました。成り上がるお話も大好きなので、どんどん容赦なくやっちゃう系も、もっと書いてみたいと思っています。実際にこのチート能力があったら、毎日がリアルタイムに改変できて、最高に楽しい気がしますね。ちょっと疲れそうですが。お楽しみ下さい。

挿絵の「凪丘」さん。どれもナイスバディなカットばかりで、たいへん興奮いたしました！　三人とも、とても作品内の背徳感も、ほぼほぼ素敵な挿絵のおかげと言えましょう！　とても魅力的でした。またぜひ、よろしくお願いいたします！

そして、この本に関わってくれたすべての皆様と、手にとってくださった読者の皆様、本当に本当にありがとうございます！　私がこうして本を出せるのも、皆様のお陰です。もっとエッチにがんばりますので、次の作品でまた、お会いいたしましょう。バイバイ！　まだまだ、新しいことにチャレンジしたいです！

二〇一七年　一月　愛内なの

ぷちぱら文庫 Creative

# 洗脳《せんのう》チートで簡単《かんたん》にハーレムをつくろう！

2017年 2月28日　初版第１刷 発行

■著　　者　　愛内なの
■イラスト　　凪丘

発行人：久保田裕
発行元：株式会社パラダイム
〒166-0011
東京都杉並区梅里2-40-19
ワールドビル202
TEL 03-5306-6921

印 刷 所：中央精版印刷株式会社



PPC161

理想の相手と…、
許可します！
素敵な子作りご提供します！
当特区の女性は、
いつでもOKです♥
何の取り柄もない童貞男子の大介だったが、少子化対策による子作り特区の住人に指名され、新しい人生を手に入れた。誰とでもセックス出来るこの特区には、男はほとんどいないのだ。いつでも性欲を満たすことができる環境で、区長の香織に初体験を指導され、人気アイドル名音の処女を貰っての種付けも無事にこなすことができた大介は、楽園生活を体験することに！

神様、ありがとう！

エロ騎士ちゃんと
幸せになります！

待ってました！

そのセリフ！

知性派オークとして、破格の能力と共に異世界に転生したバルテル。しかもこの転生は、神が彼の願望を叶えるために行ったらしい。同人誌大好きで、姫騎士とのエッチを夢見ていたバルテルにとって、まさに最高の狩り場となったのだ。案の定、オーク討伐に送り込まれる騎士は、見目麗しく快楽に弱い姫ばかり。チート能力で圧勝するバルテルの、ご褒美タイムが始まった！

月刊!? 愛内なの 4年目に突入中!
ぷちぱら文庫
Creative 136
著:愛内なの 画:鎖ノム
定価：本体690円(税別)
異世界ダンジョンで美少女たちと暮らしています!
迷宮にはロマンが埋まってた!

▼愛内なの 既刊作品▼

ぜったい…この罠、
エッチが目的だよね…。
簡単に捕まっちゃいました♥
だからいっぱい!
可愛がってください

ナオヤは異世界に召喚され、クリエイターになることを依頼された。それは特殊な能力でダンジョンを作り出し、魔物から人々を守るための、重要な仕事らしい。召喚師の少女スフィーダとエッチな関係になり、ダンジョン暮らしも悪くないと思い始めた矢先、ダークエルフのフレイと、冒険者のユーリンが罠に掛かった。ナオヤはエッチなお仕置きでも楽しめると気付いて……。

い、今だけは…
見えなくたって、
全部、させてあげる♥

スクールカーストの最下層に位置する正純は、ごく普通の学生だ。しかし、なぜか学園一のお嬢様である明菜に目を付けられ、寂しい学園生活を送っている。偶然から透明人間になることができた正純は、さっそく明菜に仕返ししようと、友人の目の前で羞恥愛撫を開始した。そしてある夜、寝ていた明菜の処女をついに奪い、セックスの快感を知ったことで欲望が爆発して…。

逆転した世界は
俺にとって美少女ハーレム天国!?
ぷちぱら文庫
Creative 157
著：愛内なの 画：ひなづか涼
定価：本体690円（税別）

入れてもらって、いいの？、
いいんだよね♥
男子が、させてくれるって……
ホントウですか？
ま、任せてください！
俺のモノ、ご自由に…どうぞ！

いつも通りのエロ妄想で自慰をこなし、普通に眠った和也。しかし、目覚めるとそこは、男女の性欲が逆転した世界だった。学園でもクラスの女子は猥談を隠しもしないし、街中では痴女が男性を狙っている。そんななかで、女子の性欲に理解を示した和也は、美少女たちからエロターゲットにされてしまった。和也とのセックスを求めた、積極的なアプローチを受けてしまい…。

魔界女王に睨まれながら
孕まセックスしてみます!
ぷちぱら文庫
Creative 153
著：栗栖　画：タカツキイチ
定価：本体690円（税別）

こっ、この……、
調子に乗るな人間！
こ、殺すぅ！
だって、サタナキアさんが…
可愛すぎるから！
もっと泣かせてみたい！

考古学者の祖父が送ってきた魔導書。そこに描かれた美女に興奮し、勢いで自慰した孝太は、精液を表紙に振りかけてしまう。体液の契約で召喚されたサタナキアは、そのせいで精液を力の源にすることとなってしまった。恐るべき魔力を持つ彼女も、孝太に射精されないと命の危険すらあるらしい。美しき褐色美女のため、孝太は罵倒されながらも、愛し合うことを決意して!?

▼シリーズ 既刊作品▼

ぷちぱら文庫
Creative 158
著：愛内なの 画：きちはち
定価：本体690円(税別)
エルフ嫁とつくる異世界ハーレム！
～俺の嫁は全員エルフ!?～
いまどきエルフの子作りは、あなたでないとダメなんです♥
平凡なリーマンとして諦めの生活を送っていた康弘だったが、突然の異世界召喚で三人のエルフ嫁を手に入れた。この世界では、長命な種族に新しい血を吹き込むために、異界の男を呼び出しているという。当然のごとく、その制度に協力することにした康弘は、さっそく一番の美人エルフやダークエルフ、さらには巨乳なエロ系エルフまでを妻として、濃厚子作りを開始した！